Buscando un extraño

Elaine Kinkead

Buscando un extraño
Copyright © 2023 de Elaine Kinkead

ISBN: 979-8-9871498-1-2

Todos los derechos reservados
Impreso en los Estados Unidos de América

Ninguna parte de este libro puede ser utilizada o reproducida de ninguna manera sin el permiso escrito de la autora, excepto en el caso de breves citas plasmadas en artículos críticos y reseñas.

Esta es una obra de ficción. Los nombres, personajes, lugares e incidentes son productos de la imaginación del autor o se utilizan de forma ficticia. Cualquier parecido con acontecimientos reales, o con personas o lugares, vivos o muertos, es pura coincidencia.

Publicado por Elaine Kinkead

Diseño de la portada por SweetnSpicyDesign.com

*A los que a través de su valentía
encuentran su fuerza*

Capítulo 1
La mente y el alma

Diciembre de 2019. Roma, Italia

—¡He planeado este viaje durante meses! Estaba tan emocionada mientras lo planeaba que mis gemelos se burlaban de mí diciendo que tenía un novio italiano esperándome en el aeropuerto.

El médico sonrió: es la temporada de la gripe, Isla. Siento que le arruine la estancia. Descanse, tome mucho líquido, probióticos, vitamina D3 y dos ibuprofenos cada cuatro horas para la fiebre y el dolor. Deje que su sistema inmunitario responda al virus. Debería estar bien en unos diez días. Avíseme si persiste. No queremos que esto se convierta en una neumonía. —Hizo una pausa y levantó la vista de su papeleo—. ¿Estamos de acuerdo?

—Estoy decepcionada, pero estoy de acuerdo.

—Por casualidad, ¿forma parte de un grupo de turistas que hace turismo en zonas concurridas?

—No, me mantengo alejada de las multitudes —respondió Isla con una sonrisa—. Hay un bar junto a la Fontana di Trevi donde conocí a una pareja de chinos que me pidieron que les hiciera unas fotos. Después nos dimos cuenta de que nos alojamos en el mismo hotel. Una bonita pareja. Mis gemelos tienen más o menos la misma edad que ellos. Pasamos el resto de la tarde juntos.

—Los turistas chinos son los que más gastan cuando están en Italia, superando a todas las demás nacionalidades. La cifra es de miles de millones: doscientos sesenta mil millones, aproximadamente. Eso es en dólares americanos, no en liras —bromeó—. Bueno, creo que está lista para salir.

—Gracias, doctor Giovannetti. ¿No hay recetas ni antibióticos para mí?

—Son inútiles para tratar un virus como la gripe.

Isla acortó las vacaciones. En cuanto sus síntomas se lo permitieron, tomó un vuelo de vuelta a casa, aunque seguía sintiéndose mal. Durante la mayor parte del vuelo estuvo aturdida y su cuerpo dolorido la hacía sentir mucho más vieja que sus cuarenta y nueve años. En sus momentos más lúcidos, pensó: «Necesito un reinicio, un reinicio personal. Debo restablecer la forma en que voy a vivir mi vida. Necesito hacer lo que hizo Hillary Clinton en 2015 con el entonces primer ministro ruso de Asuntos Exteriores, Serguéi Lavrov. Pulsar un botón de reinicio de cartón simulado. La diferencia es que su intento político de mejorar las relaciones fue un fracaso total; nada cambió entre Estados Unidos y Rusia. Me encargaré de hacer las cosas bien. Con mucho encanto, sugeriré a Tom que es mejor replantear nuestras expectativas. Nuestra relación, si puedo llamarla así, no se va a producir. Debemos acabar con nuestros constantes desacuerdos y malentendidos del pasado. Debemos evitar culpar a alguien. Tal vez sea mejor seguir como estamos ahora, como amigos».

—Señora, ¿está usted bien?

Alguien le estaba hablando. Isla abrió los ojos lo suficiente para ver que era una azafata.

—Estaba hablando; no es que pudiera entender nada de lo que decía. Quizá estaba soñando. ¿Se encuentra bien?

—Sí, lo estoy. Lo siento. Estoy deseando llegar a casa.

—Todavía faltan tres horas para nuestra llegada a Houston. Le traeré agua y...

—Y un ibuprofeno, por favor, si tiene.

—Claro que sí.

Enero de 2020, Dallas, Texas
A última hora de la tarde, mientras daba una vuelta en su bicicleta estática, Isla se acarició la cara con una toalla y giró aún más rápido, sintiéndose satisfecha. El tono de su

celular sonó para avisarle de un nuevo mensaje.

Era Tom.

Hola, Isla, ¿estás en casa?

Sí, estoy. Ya te llamaré, Tom. Frank e Issa están en la puerta.

Vale, por favor, no te olvides de volver a llamar.

Isla se dirigió al vestíbulo para saludar a sus gemelos en la puerta.

—¡Hola, queridos!

—Hola, mamá. ¿Qué tal? ¿Has cocinado algo hoy? Quiero decir cualquier cosa...

—¡Frank, eres terrible! —se rió Issa—. Sólo quieres a mamá por su cocina; muy al contrario que yo. Mamá, sólo para probar mi punto, deja de cocinar durante una semana, y apuesto a que no verás a Frank en absoluto.

—Sólo tengo sobras, Frank.

—Bien, me quedo con eso. Por cierto, mamá, ¿ya te has conectado al Internet?

—¿Online para qué? —preguntó Issa.

—Bueno, mamá no consiguió traer a casa un novio italiano, así que la convencí para que se metiera en un sitio de citas. Necesita salir, socializar, conocer gente.

—Estoy de acuerdo contigo en que necesita socializar; no me imagino a mamá entrando en Internet para encontrar un hombre.

—Yo sí —Isla hablaba en serio.

—¡Lo hiciste! —gritaron al unísono.

—¡Eso es genial! —dijo Frank mientras hacía girar a su madre, mirándola atentamente. Y añadió— Estás muy guapa; quiero decir, para tu edad. Mamá, de verdad —inquirió, colocando el dedo índice sobre el pulgar—, ¿has conocido a alguien?

—Estoy hablando con algunas personas. Tengo algunas respuestas. Gente normal, supongo.

—¡Necesitas mucho más tráfico que unas pocas personas! Se trata de números. Se trata de hacerte atractiva para los hombres de tu liga: hombres inteligentes y maduros, pero todavía jóvenes, que no buscan una aventura, ni tampoco a una tonta. Buscan a una mujer como tú: con clase, inteligente y seriamente, mamá; tú eres guapa. Escribe un buen perfil, hazte unos cuantos selfis bonitos. Conozco a muchas chicas por Internet y...

—No puedo ver a mamá en línea chateando con un desconocido. No puedo —interrumpió Issa.

—No es diferente de quedar con alguien en otro sitio, y es seguro para mamá. No necesita salir de casa. Puede estar conectada mientras cocina...

—¡Oh, hombres! —Issa puso los ojos en blanco.

—No respondas a ningún militar de alto rango. No tienen tiempo para conectarse. La mayoría son estafas. Quédate con alguien de Texas. Alguien verificable.

—Lo que quiero decir cuando digo que los hombres con los que he hablado son personas normales es que son profesionales, la mayoría divorciados, unos cuantos viudos. No están fingiendo, sino que echan de menos de verdad tener a alguien en sus vidas. Saben que no soy una persona muy paciente. No soporto las tonterías. Vamos a ver cómo va —dijo Isla con calma—. Lo único que puedo decir es que hay mucha gente solitaria, o mucha gente con mucho tiempo libre. Estoy tan ocupada que sólo puedo revisar mi perfil una vez a la semana. Eso, si es que me acuerdo. —Hizo una pausa—. Ya está bien. Hablemos del negocio antes de que se vayan. ¿Han hablado con papá últimamente? ¿Él ha pasado por Franissa? ¿Hemos recibido las amatistas que pidió a Brasil?

—Sí, sí y sí. Papá y yo hemos hecho nuestro trabajo. Ahora le toca a Issa ponerse a trabajar en los diseños.

—Estoy segura de que hará un buen trabajo. —Isla miró a su hija y le regaló una sonrisa—. Aquí tienes tu caja de sobras, Frank. Conduce con cuidado. Nos vemos mañana.

—¡Maldita sea! —se dijo una vez que Frank e Issa se habían alejado—. Tengo que llamar a Tom. Me ocuparé de este 'reinicio' de inmediato.

—Tom, soy Isla, por favor contesta si estás disponible. Yo... —empezó a dejar un mensaje de voz.

—Estoy aquí para ti —Tom contestó—. Es mucho mejor cuando puedo oír tu voz. No he tenido noticias tuyas desde tu viaje a Roma. ¿Cuándo volviste?

—Lo siento, Tom, estaba esperando un buen momento para llamar. El viaje no salió como estaba previsto. Me enfermé y tuve que ver a un médico en Roma.

—Interesante. Eso es lo que esperaban los gemelos. Que conocieras a alguien en Italia. Un médico, ¿eh? ¿Es soltero?

—No he tenido ocasión de preguntar. Me ocuparé de eso en mi próximo viaje a Italia. ¿Cómo te va? ¿Alguna novedad por tu parte?

—Mi agenda sigue vacía. Podríamos intentar un viaje por carretera ahora que has vuelto. Eres un conductor...

—No funcionará —contestó Isla.

—Ni siquiera lo has intentado.

—¡Así es, Tom! Eso es exactamente lo que quiero decir. Ni siquiera lo he intentado porque espero encontrar la sincronización con alguien, algún día.

—El amor puede llegar con el tiempo.

—No, no quiero estar en una relación preguntándome por qué no estoy totalmente comprometida. En algún momento de mi vida, quiero una conexión que comprometa todo mi ser: cuerpo, mente y alma. Quiero entregarme por completo. Y, ¿sabes qué?, quiero quererlo a *él*. Quiero eso para mí.

—¡Esa es toda una declaración para una mujer como tú!

—¿Recuerdas el famoso discurso del botón de reinicio de Hillary Clinton sobre la relación entre Estados Unidos y Rusia?

Tom se rió.

—*Reset,* Hillary. Rusia. ¿Qué diablos tiene eso que ver con nosotros?

—Tú y yo no somos 'nosotros', como en la unidad, Tom. —La frustración de Isla iba en aumento—. Necesito tu cooperación para restablecer algunas expectativas entre nosotros dos, como individuos separados.

—Isla, las expectativas ya están fijadas. Tú y yo nos casaremos cuando llegue el momento. Esperas un amor que no existe. Nadie puede darte algo que no existe. No es real, no en esta etapa de nuestras vidas. Podemos soñar un poco, aquí y allá, pero no esperes fuegos artificiales. Sé realista. Te lo digo como hombre. Espero ser el elegido, porque te ofrezco estabilidad...

—Aprecio tu oferta, pero ya soy estable, estable económicamente, estable emocionalmente. Soy tan estable que me estoy convirtiendo en una roca.

—No, no eres una roca. ¡Eres una joya! Eres hermosa, por dentro y por fuera, una mujer preciosa, preciosa y cariñosa. El problema es que tienes casi cincuenta años. Tengo que decir que eres una mujer inteligente y sensata, con una excepción, y es cuando se trata del romance. Las mujeres como tú tienen problemas con el romance. Mira a tu alrededor. Las estadísticas dicen que es más probable que un rayo caiga sobre una mujer de tu edad a que encuentre un amor romántico fuera de este mundo. En esta fase de nuestras vidas, nos conformamos con el compañerismo.

—Buenas noches, Tom. Voy a colgar ahora. Tengo una llamada en espera —mintió. Una cosa más, no te molestes por lo que he dicho sobre el restablecimiento de nuestras expectativas. No necesitamos un reajuste. Olvídate de mí.

Isla sintió que se quitaba un peso de encima mientras se dirigía a su recámara para preparar su rutina de relajación del día. Preparó la música que sonaría de fondo mientras dormía. La lista de reproducción instrumental incluía Hauser & Petrit, *Paco de Lucía*, música curativa de alta frecuencia durante el período de sueño profundo, y música clásica para su hora de despertar a las cuatro de la mañana, su momento favorito del día. Miró la computadora que tenía sobre la cama, sintió el impulso de revisarla, se detuvo, pero continuó para ir a la ducha. Eran las nueve y media de la noche cuando se conectó al sitio web de citas. Isla llevaba una semana echando un vistazo a la web, del mismo modo que uno se asoma a la ventana para comprobar si el vecino sigue allí. Y allí estaba, junto a un mensaje, un breve saludo, junto a su foto.

Nada más.

Habían dado los primeros pasos, a los que siguieron un par de correos electrónicos, en su mayoría triviales. Él también vivía en Texas. Viajaba a menudo. Se quedó mirando los ojos oscuros y melancólicos, el pelo negro y liso que formaba un mechón en su frente. Los lentes redondos de metal que llevaba eran un acierto, ya que captaban y enmarcaban perfectamente sus ojos y acortaban su rostro más bien largo. Una barba bien recortada. Una sonrisa amable. Su postura no transmitía arrogancia, su perfil era discreto, escribía muy bien, parecía seguro de sí mismo. Facilitó el nombre de su alma mater. Era licenciado en psicología, no tenía consulta. Había optado por la enseñanza y ahora era un conferencista profesional. «Es tan varonilmente guapo», pensó ella. ¿Cómo no se iba a lanzar por él? Hizo clic en el 'chat'.

Hola Aach, tecleó rápidamente, *¿qué hay de nuevo?*

Hola Isla, me preguntaba si ya te había perdido. Me preguntaba si estabas interesada. Me alegro de tener noticias tuyas. Por cierto, antes de que me olvide de decírtelo, voy a volar a California la semana que viene. Estaré allí cuatro días.

Eso suena bien. ¿En qué parte de California?

En Palo Alto.

¿Qué haces en California?

No recuerdo si te lo he dicho. Solía dar clases y ahora me estoy abriendo camino como conferencista.

Qué interesante. ¿Cómo es que estás soltero y buscando?

¿Por qué no? Aquí es donde te encontré, y esperas ponerte en contacto con un hombre, ¿sí o no?

Correcto.

Podríamos probarlo. La vida es agitada, y es seguro, ¡no hay virus aquí! También es un lugar seguro en el sentido de la seguridad personal, para los hombres y para las mujeres. La vida nos da a probar de todo bajo el sol. ¿Y tú? ¿Por qué te conectaste al Internet?

Soy empresaria, me encanta lo que hago y centro la mayor parte de mi atención en el trabajo. Mi hijo Frank me animó a conocer gente por Internet, ya que no socializo mucho. Por eso estoy aquí.

¿En qué tipo de negocio trabajas?

Diseño y creo joyas.

Vaya, el tipo creativo, el lado derecho del cerebro.

Sí, y más. Tengo una licenciatura en Economía. Así que uso el lado izquierdo y derecho del cerebro.

Impresionante. Tengo una licenciatura en Psicología y un doctorado en Filosofía. Dejé el mundo académico tras la muerte de mi mujer. Fue un periodo muy duro para mí. Lleno de tristeza, con muy poco que esperar. Te contaré más sobre esa etapa más adelante. Disfruto dando conferencias; es diferente cada vez y una experiencia de aprendizaje para mí. Es un ciclo interminable de aprendizaje y de transferencia de ese conocimiento a quienes más lo necesitan. Mi experiencia ha sido enriquecedora. Mi trabajo es gratificante.

Puedo decir que mi vida es rica, sonrió mientras tecleaba. He criado a dos hijos hasta la edad adulta con mi exmarido. Mi rutina diaria es un poco más ordinaria que la tuya.

Si he entendido bien, estás divorciada, pero criaste a tus hijos con tu exmarido.

Sí, ahora son adultos productivos. Frank, mi exmarido y yo estuvimos a su lado todos los días. No estamos casados, pero no echamos a los niños en el proceso.

Es interesante. Antes de continuar, quiero preguntarte algo concreto. Nos hemos estado comunicando esporádicamente; me gustaría que nos conociéramos mejor. ¿Aceptarías salir del sitio de citas, compartir nuestros correos electrónicos y números de celular personales para que podamos comunicarnos directamente? ¿Es algo que también te gustaría hacer?

Sí, ciertamente, me gustaría.

No quiero apresurarte. Somos adultos. Estoy seguro de que ambos respetaremos los límites personales del otro a medida que avancemos. Me río al darme cuenta de que conectar a través de un sitio de citas o de una aplicación puede incluso calificarse de cita.

Continuó Aach: *Tengo cincuenta y dos años, soy activo, estoy en forma y soy viudo desde hace siete años. Soy cristiano; originario de Alemania, me casé con mi novia de la universidad, Heather. Nos conocimos en Alemania mientras terminábamos nuestros estudios universitarios, nos enamoramos, nos casamos y, durante veintiséis años, ella lo ha sido todo para mí. Tenemos una hija, Sole, que está casada y vive en Portugal. Jack, un labrador de siete años, comparte la vida conmigo. Cuando estoy en casa vemos mucho la televisión juntos, si no, se queda en una perrera. Mi comida favorita son los macarrones con queso. Eso es todo lo que este hombre tiene que decir sobre sí mismo; estoy abierto a una sesión de preguntas y respuestas.*

Isla soltó una risita.

Hubo una pausa, y luego más de Aach:

¿Qué te parece si intercambiamos ahora los números de celular y te llamo luego? Será muy agradable escuchar tu voz. Sabemos mucho a través de la voz, ¿estás de acuerdo?

Estoy de acuerdo.

Y puedes hablarme de tu comida favorita.

Isla pensó, «Eso me gusta», luego re-formuló y tecleó su pensamiento: *Los macarrones con queso no, ¡son muchos carbohidratos!*

«¡Será mejor que anote esto!» pensó y se inclinó hacia un bloc de notas que había en la mesilla de noche, donde llevaba la cuenta de todo. Justo debajo de Tom: ya no, anotó Aach: macarrones con queso. Intercambiaron números de celular y correos electrónicos.

El celular sonó casi inmediatamente. Isla oyó su voz. Potente, fuerte, del tipo que se utiliza para dar instrucciones.

—Así que, avanzando —dijo—, espero que ninguno de los dos sea una persona solitaria que se aferre a quien sea. Estoy seguro de que no lo soy. No salgo por salir.

—Soy nueva en esto —explicó Isla—. Mi hijo Frank pensó que valía la pena intentarlo. Llevo divorciada unos diez años, pero no me siento sola. Mis hijos, el cuidado del negocio y el cuidado de mí misma llenan mi vida. Llevo unos meses en Internet y las citas en línea me resultan abrumadoras. A mi hijo le encanta; puede soportar conocer a nueve o diez chicas a la vez. Está en esa edad en la que les resulta fácil dejar lo que están haciendo para salir a conocer y saludar, para saber si les gusta una persona o no. Eso sería muy agotador para mí.

—Para mí también. No me gustaría estar hablando con tantas mujeres, confundiéndome con tantos nombres que aparecen en mi mente. ¿Me perdonarías si te llamara Tracy, por error? ¿Ah?

—Siempre hay opciones —intervino Isla.

—Lo dijiste, sí, lo dijiste. Dijiste que te escribías con otras personas. ¿Quieres conocer a más gente? ¿Es un juego de números para ti? ¿Has salido o estás saliendo con alguno de ellos? —preguntó con curiosidad.

—No, no he tenido citas, si por citas se entiende salir con alguien que me interesa románticamente. Tengo un proceso que comienza con un café en una cafetería relajada y acogedora que conozco y que sirve una gran repostería. Me gusta conocer a una persona, cara a cara. Se ha desarrollado una relación de amistad, pero todavía no hay romance. Es como una entrevista de trabajo, hacer las preguntas adecuadas para saber si encaja. El mundo cibernético es abrumadoramente amplio y se mueve extremadamente rápido. Por mi propia cordura, diría que nos lo tomemos con calma. Sigamos hablando. Quién sabe lo que puede pasar; las posibilidades son 'cibermongas'.

—¿En serio te gustan las palabras inventadas? —se rió.

—Masivamente abierto.

—Mucho mejor.

—Es bueno aceptar que ambos somos nuevos en esto —continuó Isla—. No tuvimos la oportunidad de encontrarnos en el supermercado, donde ambas partes pueden medirse.

—En Internet, la habilidad utilizada para medir al otro es diferente —corrigió Aach.

—De todos modos —añadió Isla—, supongo que nos daremos cuenta si tenemos un cierto nivel de compatibilidad; si eso ocurre, los demás se apartarán de nuestro camino. Si, por el contrario, seguimos permitiendo que entren más, entonces sabremos que es hora de seguir adelante. Siento que la gente puede volverse adicta a la atención, preguntándose siempre si la próxima persona que conozcan será mejor que la anterior.

—Para eso están las citas rápidas.

—Parece que sabes de citas, Aach —bromeó Isla.

—Conozco la naturaleza humana. Me parece bien lo que propones, siempre que ambos nos comprometamos a ser honestos, a no tener secretos sobre nuestras intenciones y a no decir mentiras.

—Puedo prometer honestidad. Los secretos, bueno, eso depende. Aún no sé qué es lo que busco específicamente. La amistad está bien. Ya tengo amor. El amor de mis hijos, de mi familia. Me llevo especialmente bien con mi exmarido; no hay ningún drama en mi vida, ¡excepto el drama del trabajo! —se rió.

—Tampoco necesito a nadie. Quiero a alguien. Alguien que me parezca especial. Alguien que sea mi compañera, mi pareja en las buenas y en las malas. Que me cuide y me provea. Para mí, el amor es una situación de todo o nada. Como soy imperfecto, quiero una mujer que pueda amarme y aceptarme tal y como soy, alguien que sea compasiva, en quien sea fácil confiar. Sobre todo, no entraría en una relación con una mujer no cristiana —dijo con determinación.

—Son todas personas, como tú y como yo, los cristianos y los no cristianos. Creen en una u otra deidad, o en ninguna, porque todos necesitamos un orden, una jerarquía, para establecer nuestros valores. El problema, tal como yo lo veo, es que la gente ha dejado de comprometerse con otras personas. Antes intentábamos encontrar a Dios en los demás, mediante la interacción cara a cara, y ahora la gente se orienta a encontrar a Dios en las cosas. Por ejemplo, si observas a los matrimonios juntos, te darás cuenta de que muchos fijan sus ojos en otro lugar que no sea la persona que está con ellos. Ponen sus ojos en los árboles, en el cielo, en el celular. Estoy segura de que puedes distinguir a los amantes de las parejas casadas. Me sentiría herida si el hombre al que estoy dedicada, y que está sentado conmigo, mirara por encima de mi hombro o siguiera los pasos de otras con la mirada. —Isla hizo una pausa para darle a Aach la oportunidad de comentar algo, pero éste permaneció en silencio—. Creo que tenemos demasiado miedo o estamos demasiado ocupados para relacionarnos cara a cara. Nos vamos a casa privados del contacto humano para conectarnos en línea con desconocidos. El internet es una herramienta que permite a las personas permanecer en el anonimato. Se dice que el amor es ciego porque no reconocemos los claros indicios con la suficiente antelación. La fase del romance es hermosa, el reto es incorporar el romance a nuestra vida real antes de decidir dar el siguiente paso. Puede que esté anticuada, o tal vez sólo sea más sabia.

—Me hago muchas preguntas, Isla —respondió Aach—. Ya me estoy preguntando qué podrías estar pensando si te detienes demasiado. Quiero a alguien, para que el universo no parezca poco acogedor y frío. Espero que seas tú. Estar en el encierro de COVID no es nada divertido, y espero que nos encontremos algún día. El encierro tiene sus cosas positivas. Si lo miras con desapego, el encierro nos ha obligado a frenar y a mirar hacia dentro, e incluso a replantearnos todo. También nos ayuda a poner todo en perspectiva. Pero entiendo tu punto de vista. Puedo ver que eres preciosa en tu foto de perfil, sin embargo, como no puedo verte físicamente, tengo la oportunidad de conocer tu mente y tu alma. Veamos cómo se desarrolla todo. Hasta entonces, cuídate. ¿Uno de estos días puedo llamarte o enviarte un mensaje de texto?

—Sí. Tú también, mantente sano y salvo. Buenas noches.

«Me gusta, me gusta, me gusta pensó Isla para sí misma. Quizá conocer a alguien por Internet no sea tan malo. Claro que hay todo tipo de gente por ahí, pero también están las excepciones. Él es interesante. Es una excepción; hay más en él de lo que parece. Yo también soy una excepción. Tendré que ser capaz de hacer los mejores macarrones con queso de la historia, ¡maldita sea!»

Capítulo 2
Una oración y mucho más

Febrero de 2020

Señor, Tú eres el amor. Es tu aliento el que nos ha dado la vida. No somos nada sin ti, pero por ti recibimos todas las cosas. Gracias por enviar a Jesús a vivir entre nosotros, a sacrificarse por nosotros y a abrirnos un camino. Gracias por salvarnos, redimirnos y restaurarnos. Reconocemos que todo don bueno y perfecto procede de Tu mano. Gracias por unir nuestros dos corazones. Isla y yo no tenemos palabras para expresar nuestra gratitud por tu maravilloso regalo. Que ambos busquemos Tu reino y Tu justicia a lo largo de esta relación. Por favor, sigue bendiciendo nuestra relación y mantennos a salvo en todo lo que hagamos. Hoy ofrecemos nuestras vidas y todo lo que hay en ellas. Que nuestros corazones rebosen hoy de tu paz, consuelo y alegría. En el nombre de Jesú

s.

Amén

Aach llamó.

—¿Has leído la oración que te envié?

—Sí, es preciosa —respondió Isla mientras dejaba la computadora sobre la cama para contestar el celular—. Me he dejado llevar tanto por su belleza que no te he dado las gracias por ella. ¿Escribiste esta oración?

—Sí, la escribí.

—Me llegó al corazón. Aparte de eso, no puedo decir nada más que... es demasiado pronto para tanto.

—Entiendo que aún no estamos a la par, hay algo en lo que creo y me gustaría que me respondieras.

—Por supuesto —respondió ella con cautela.

—Sé que lees la *Biblia*, supongo que crees que es la palabra de Dios —preguntó.

—Sí, lo creo.

—¿Has leído el libro del *Apocalipsis*?

—En partes.

—¿Crees en el rapto? Dos personas estarán en una cama; una será llevada y la otra será abandonada.

—Sí, uno será perdonado; el otro será abandonado.

—La guerra espiritual es real. La fe es creer en la verdad, es nuestro escudo de fe. Dios nos atrae hacia Él con bondad, porque el diablo siempre está merodeando en busca de alguien a quien devorar. No podemos culpar a Satanás de los pecados que cometemos, ya que somos nosotros los que tomamos la decisión de pecar o de resistirnos al pecado.

Isla, mi corazón está abierto al amor de nuevo, y a tratar a la mujer adecuada como una reina. Rezo para que llegue a un punto en el que esta oración, la que rezaremos juntos, forme parte de nuestra vida en común, mientras vivamos.

—Si te sientes así dentro de dos años, te arrancaré la camisa y te amaré con abandono. Sin embargo, apenas nos estamos conociendo. Demasiado, demasiado pronto —continuó Isla—, sólo me llena de inquietud.

—El deseo de mi corazón es que me convierta en el hombre que deseas. Estaré esperando ese día. Puede que tarde dos años, como dices, pero cuando llegue ese día, cuando me desees tanto, me arrancarás la camisa.

—¡Aach, vayamos paso a paso!

—Estás plantando las semillas en mi mente. Yo voy paso a paso. No te pido nada más. Sólo te pido que reces. Siento que eres tú. Reza para que Dios nos bendiga, para que lleguemos allí. ¿Rezarás la oración que he escrito para nosotros?

—Sí, pero escúchame, es importante que te diga algo.

—Ahora no, querida. Deja que este momento sea perfecto. Me parece que eres honesta, divertida, cariñosa, atenta, sincera, espontánea, y veo que eres hermosa. Recibe un beso de buenas noches, dulce Isla.

Era una noche especial para Isla. Su corazón latía con fuerza mientras apretaba el celular contra su cara para liberar sus manos y retirar la computadora de la cama. Volvió a dar las gracias a Aach por haberle escrito y enviado la oración. Sentía como si hubiera retrocedido en el tiempo, hasta su infancia. Conocía esa sensación de comodidad, de confianza y familiaridad. Aach la había devuelto a sus veinte años, cuando todo era posible, cuando sólo podía imaginar lo que podía ser el amor, un tipo de amor que, para ella, nunca había llegado a ser real. «Me gusta y me resisto a él como si en el fondo de mí estuviera en conflicto. En el fondo de mi corazón deseo de todo corazón lo que él me ofrece; y la sola idea de su realización me asusta. ¿Funcionará esta relación? Tal vez pueda empezar a soñar de nuevo. Tal vez Tom se equivoque y esté bien que vuelva a soñar, que vuelva a soñar que soy capaz de enamorarme sin remedio a los cuarenta y nueve años».

Se quedó dormida.

Isla dio vueltas en la cama toda la noche. Los recuerdos que había envuelto en seda y guardado con cariño en el último cajón de su corazón para no volver a recuperarlos estaban ahora en el primer plano de su mente. Se preguntaba qué había salido tan mal entre Frank, su exmarido, y ella por aquel entonces. Sucedió lentamente, recordó. Era muy joven, se quedó embarazada al mes de casarse y se convirtió en madre de gemelos. Una madre abnegada. Frank la ayudó con los bebés, había sido un padre maravilloso. No podía recordar mucho más sobre su vida durante su matrimonio con Frank.

Al día siguiente, temprano, se sirvió su café, negro, como siempre, cogió su computadora y escribió.

Aach,
No puedo dejar pasar un minuto más sin decirte algo importante. Hicimos una promesa de

no mentir, de decir la verdad. Vivo sin remordimientos porque acepto las consecuencias de mis actos. Aquí me siento de nuevo como una niña. Tuve una infancia maravillosa, me sentí adorada y no tuve problemas con mi padre. Sin embargo, estaba constantemente explicando, o, mejor dicho, intentando explicar quién era yo a mi madre. Quería que ella comprendiera realmente quién era yo por dentro. ¿Cómo podía decirle que me sentía una inadaptada? Quiero a mi familia, siempre lo he hecho, pero me costó mucho tiempo quererlos, aceptarlos realmente por lo que son. No los quiero a todos, quiero a la mayoría. Lo que siento por el mundo, bueno, es otra historia. Nunca siento que encajo en el mundo. Nunca. Así que creé mi propio mundo para tener una sensación de pertenencia. Desde que tengo uso de razón, el mundo que hay fuera de mi ventana no ha sido más que un lugar oscuro y extraño. Crecí prefiriendo la soledad, feliz con mi propia compañía, e hice lo que tenía que hacer para vivir una vida normal. No me suponía ningún esfuerzo ser una buena chica, seguir las reglas durante el día. Sin embargo, por la noche, dejaba que mi mente volara a otra realidad. Esa realidad que me pertenecía únicamente a mí. Cuando estaba dentro de mi mente, podía ver los pasos que tenía que dar y que me llevarían a donde tenía que estar. No había restricciones de tiempo ni de espacio. Esas restricciones sólo existían durante el día.

Hace tiempo que renuncié al amor romántico. Una vez divorciada, me sentía incómoda con mi libertad. Sin embargo, con el paso del tiempo, me desarrollé, crecí en carácter a través de la palabra de Dios, agudicé mi intuición y me sentí cómoda en mi piel. Disfruto de mi tiempo a solas. Por supuesto, tengo amigos, pero valoro el tiempo y evito las distracciones que desperdician mi activo más valioso. En cambio, he construido una empresa, algo sólido, impenetrable, una fortaleza para proteger este mundo mío, que es el amor de mi familia y mi negocio.

Mi fortaleza es impresionante.

Quizá te preguntes: ¿por qué me conecté contigo? La verdad es que no lo sé. La idea estaba merodeando en mi mente, y es cierto que Frank, mi hijo, me animó. Pero era yo la que estaba sentada en mi sofá leyendo y escuchando música, y sin pensarlo mucho me levanté, abrí mi computadora y busqué un sitio de citas. Navegué por unos cuantos sitios y pensé en dejarlo ahí. He hecho esto muchas veces antes sin tomar más medidas. Excepto el pasado 17 de enero. Ese día hice algo diferente. Rellené a medias un perfil, aunque me cuesta hablar de mí misma tan públicamente. Esa dificultad no tiene nada que ver con la autoestima. Soy reservada y soy una empresaria bien definida. Es la mujer que llevo dentro, la que no conozco, la que sigue tirando de mí. Cuando he pedido a mi familia que me describa tal y como me ven, no tenía ni idea de lo que dirían de mí. Me confunde que digas que me encuentras honesta, divertida, cariñosa, atenta, sincera, espontánea. Acepto totalmente que soy hermosa. No es que no tenga confianza en lo que soy en el fondo. Pero me pregunto: ¿Cómo lo sabes? Conozco mi mente, mi cuerpo y mi alma, pero todavía estoy descubriendo nuevos aspectos de mí misma. Si hasta los más cercanos a mí deben reflexionar y elegir sus palabras con cuidado, por ejemplo, dicen que soy una soñadora, lo cual es cierto. Soy creativa y práctica al mismo tiempo, lo que puede confundir a algunas personas. Sueño con un propósito. Dicen que tengo un carácter ardiente. Eso es cierto. Te recomiendo que no me provoques. La mayoría de la gente prefiere esperar a conocerme de verdad antes de decir algo sobre mí. Dicho esto, me pregunto cómo es que me dices directamente que quieres que rece para que yo sea la elegida.

Me gusta tu forma de pensar. Me gusta el hombre que está detrás de la oración; la persona que haría algo tan único para ganarse mi corazón. Ha funcionado. Me has tocado profundamente; sin embargo, detrás de nuestras creencias comunes están las diferencias de creencias. Prefiero plantear estas pequeñas diferencias ahora porque pueden convertirse en verdaderos problemas más adelante. Tú vas a la iglesia, yo no. Dios vive dentro de mí, dentro de la naturaleza, dentro de algunas personas. Las afirmaciones contundentes que se hacen sobre nosotros elevan mi nivel de alerta. Al aumentar mi estado de alerta, no es que piense que estás intentando sembrar pensamientos en mi mente. La mayoría de la gente conoce a un creyente por sus acciones; generalmente, la persona no tiene que decírselo directamente.

¿Se nota que no dormí anoche?

Lo que Isla no le contó a Aach fue que, aproximadamente a los trece años, le contó a su padre un sueño recurrente que había estado teniendo. En ese sueño había un hombre, al que no podía verle la cara, sino que veía su silueta. Era alto, delgado, tenía la cabeza vuelta hacia ella y pudo ver que un rizo de su pelo caía libremente sobre su frente. Este hombre caminaba hacia ella. No era como cualquier hombre de este mundo; caminaba a través del tiempo. Su padre le había respondido: "A los trece años, Isla, nuestros cuerpos, nuestras mentes y nuestras almas empiezan a cambiar. Iniciamos el viaje más importante de nuestra vida, que es conocernos a nosotros mismos. Es posible que un hombre alto y delgado sea tu ideal físico de hombre. Sé que tu madre te habla mucho de tu futuro papel como esposa y madre. Lo hace para que crezcas teniendo claras las responsabilidades que te esperan.

Tus tiernos trece años no te permiten separar lo que parece real pero no lo es. Por lo tanto, los años que tienes por delante son para que te centres en la escuela, para que estudies, para que aprendas y para que apliques lo que aprendas. Aprovecha este tiempo para convertirte en lo mejor que puedas ser en lo que mejor sabes hacer. Si lo que haces mejor es ser una gran compañera para un hombre, y los hijos que quiera tener contigo, te aseguro que ese hombre se fijará en ti. Si, en cambio, lo que mejor sabes hacer es resolver problemas, ocuparte de los demás en general, guiar a los demás para que sean lo mejor posible, entonces puede que te lleve un poco más de tiempo conectar con alguien, porque el mundo tiene muchos problemas que necesitan tu aportación, y tú serás una mujer muy ocupada. Recuerda siempre que nada impide a una persona realizar sus sueños de forma permanente, sino ella misma."

Isla siguió el consejo de su padre y no se preocupó más por el sueño, aunque siguió repitiéndose durante su adolescencia, y a menudo elegía soñar con la silueta del hombre, buscando saber más sobre él. A medida que maduraba hasta convertirse en una joven adulta, se dio cuenta de que la imagen de este hombre se estaba haciendo real en su mente, también era real en su alma. La cautivó e Isla se preguntó si alguna vez conocería a un hombre como el de sus sueños. Tal vez se encontraría con él en el lugar menos esperado; tal vez sólo sería cuestión de tiempo.

Aach se tomó un tiempo para considerar su respuesta. Finalmente le respondió.

> *Querida Isla,*
>
> *Tu día irá bien... aunque no hayas dormido bien. Sólo asegúrate de acortarlo, vete a casa, relájate y toma una siesta. Reza. Te aliviará el estrés. He leído tu correo electrónico varias veces, y me gustaría estar contigo ahora mismo. Me gustaría poder pasar mis dedos por tu pelo, tocar tu hermoso rostro, y asegurarte que Dios siempre ha estado ahí para ti desde el principio, y que te ha mantenido fuerte. Todo lo que has compartido conmigo es muy íntimo, y me entusiasma que me confíes tus pensamientos. Me has hecho pensar en ti, y realmente quiero que nos demos la*

oportunidad de conectar nuestros corazones. Que seas creyente es un gran atractivo para mí, y estoy seguro de ello porque he rezado al respecto... Me alegro de haber aprendido algunas cosas sobre ti. Eres una mujer increíble.

Estaba nervioso por esta amistad en línea. Creé un perfil unos días antes de dar contigo. Por lo demás, yo nunca me habría comunicado con nadie por Internet. Sigamos hablando y veamos a dónde nos lleva nuestra comunicación. Creo que para cada persona hay alguien especial, y espero que tú seas la persona adecuada para mí. Espero que lo seas, porque, aunque no te conozca muy bien todavía, te veo honesta, divertida, cariñosa, atenta, sincera, espontánea; sobre todo eres muy guapa. Quiero una mujer en la que no me cueste confiar, que sea capaz de entregarse a su hombre para que la ame y la cuide de forma que le aporte alegría en la vida y la haga sentir apreciada cada día.

Necesito volver a confiar. Soy un hombre íntegro y muy amable de corazón y tengo un alma tierna. Creo en el cuidado de una mujer y en tratarla como el regalo que Dios creó. También entiendo que hacer el amor no es sólo un acto físico de dos cuerpos. Creo en la honestidad, la integridad, la compasión, la comprensión y tengo conciencia social.

¿Ya has tomado café hoy? Empiezo mi día como a las siete y media y lo termino a las cinco y media. Leo un poco y escucho rock cristiano para empezar el día. Me gustan especialmente Mercy Me, Matthew West y todos los demás. Me encanta ver películas: tengo Netflix y Amazon Prime. Casi siempre estoy solo en casa, y Jack, mi labrador, se sienta a mi lado a ver películas. Mi trabajo me lleva a Sudáfrica, Inglaterra, Suiza, Países Bajos, México y España. Me encanta la naturaleza de mi trabajo, aunque sea exigente y bastante estresante a veces. Me ha hecho aprender más sobre las culturas y

estilos de vida de otras personas.

Isla, mi corazón está muy abierto a volver a amar y a tratar a la mujer adecuada como una reina. Di que sí. Permíteme ser quien descubra la mujer que hay en ti...

Esperando tu respuesta, sigue siendo bendecida, Aach.

Hola Aach,

He tenido un buen día. He seguido tu consejo; he tomado una siesta para refrescarme y me he sentido mucho mejor cuando he podido controlar mis pensamientos. Gracias por el tiempo que te tomas para escribir, lo aprecio porque el tiempo es muy valioso; no se puede sustituir. Hoy me he tomado un par de horas para ir a casa y preparar un almuerzo ligero. Eso es un lujo para mí, aunque no vivo muy lejos de mi negocio. ¿Has estado alguna vez en Dallas? ¿Dónde residen tú y Jack permanentemente? Tu mensaje es precioso, es vibrante. Por favor, dame algo de tiempo para empaparme de esta nueva experiencia. Llevo mucho tiempo viviendo sola, demasiado ocupada para sentirme sola.

La vida tiene sus altibajos. Doy gracias a Dios por la capacidad de adaptación de mis hijos, porque al ser una mujer divorciada, he dedicado mi tiempo a forjar una empresa y no un hogar tradicional. He dado a mis hijos la oportunidad de conocer el negocio, de salir adelante superando los obstáculos que la vida presenta. A veces me pregunto qué tipo de influencia tendrá mi estilo de vida en ellos cuando decidan elegir una pareja. Sería sorprendente que uno de los dos, o ambos, me dijeran que prefieren un modelo que no han conocido por experiencia propia, una mujer que siente profundamente que lo correcto es entregarse a ser esposa y madre. Creo firmemente que cada persona tiene derecho a elegir, porque tanto formar una empresa como formar un hogar estable es como moldear algo casi de la nada. Cada uno requiere un gran esfuerzo, y respeto ambos logros. Ser empresaria o madre, esposa y ama de casa es una decisión ponderada por nuestros valores, nuestra filosofía de vida.

Creo que ambos hemos sido bendecidos. Tú has sido capaz de superar la pérdida de una mujer maravillosa y madre de tu hija, y yo tomé las riendas de mi vida tras el divorcio. Creo que, si nos mantenemos fieles a nuestras conciencias, todo irá bien.

No sé qué te parece que me describa como una mujer que no dedica mucho tiempo al descanso. No dejo de moverme. Nuestro objetivo como empresa es alcanzar la marca el año que viene. Con el COVID y el cierre total que planean las autoridades, no queda más remedio que declarar el 2020 como perdido, o casi perdido. Además del trabajo, cuido de mi jardín. Me las arreglo para mantener mi casa limpia y ordenada con la ayuda mensual de un servicio de limpieza. También preparo mi propia comida. Rezo y mantengo un diálogo mental con mi Dios interior; soy muy habladora con Él. Le cuento todo. Ya le he hablado de ti, aunque estoy segura de que El ya lo sabe y conoce todo lo que va a haber entre nosotros. Se lo cuento igualmente porque me hace bien.

Me despierto a las cuatro de la mañana. Necesito dormir mis siete u ocho horas, dependiendo de la hora a la que me acueste. Aunque no creo que sea una persona aburrida, como tú mantengo una rutina diaria. Me tomo el café negro antes de mis oraciones, y luego hago mi rutina de baile. Sí. Es divertido. Bailo al ritmo del rock n roll, del twist y de la música latina. Escucho las noticias en "breves" filtrando sólo los acontecimientos más impactantes del mundo, junto con segmentos de lo que ocurre localmente. No veo la televisión, pero al igual que tú, me gusta ver películas en Netflix. Preparo mis propios desayunos -algo ligero y nutritivo- y salgo dispuesta a conquistar el mundo. El tiempo se me escapa entre los dedos sin piedad en cuanto llego a la oficina. Cuando es posible, me tomo un par de horas al mediodía para comer. Me gusta leer. En este momento, estoy leyendo Churchill's Quotes and Quips, *editado por Max Morris. Es divertido, inteligente y nunca pasa de moda. También me gustan los libros de cocina; me encanta experimentar con los sabores. Me gusta tomar una taza de té a media tarde, lo que me ayuda a terminar bien el día. Tenemos una pequeña sala de conferencias en la oficina donde nos reunimos con los clientes que quieren tener tiempo para elegir esa pieza especial de joyería que se hará a la medida para ellos. Issa, mi hija, es una gran diseñadora. Yo estoy principalmente hablando con los clientes por teléfono, negociando o haciendo análisis de mercado. Eso es todo.*

Mi hijo Frank y yo nos quedamos mucho tiempo después de las horas de trabajo, estrechando lazos, hablando, haciéndonos la vida más fácil el uno al otro. Vuelvo a casa entre las siete u ocho de la noche.

Me siento extraña ahora que me doy cuenta de que no tengo un plato favorito. Puedo cocinar y disfrutar de una gran variedad de alimentos. Tampoco tengo un color favorito.

Tengo que irme ya. Me he ocupado de escribirte durante demasiado tiempo. Espero que estés bien.

Aquella noche, Isla no prendió su computadora. El tiempo para sí misma era el único regalo que necesitaba. Siguió su rutina nocturna y se tiró en el sofá con las piernas echadas sobre el respaldo. Cogió su bloc de notas y leyó las líneas que había anotado sobre Tom. Se sintió aliviada de haber tomado la decisión de no dar el siguiente paso con él. Intuía que habrían sido una pareja incómoda. Tom también había respondido a su perfil en línea. Era del tipo nervioso, se sentía incómodo con la ambigüedad, no podía mantener el contacto visual directo. Una vez habían quedado para tomar un café. Isla supo en ese momento que tenía muy poca paciencia para acoger en su vida a un hombre tan diferente a ella. Entonces, leyó la nota sobre la afición de Aach a los macarrones con queso. A Isla le pareció simpático que Aach, que parecía tan sofisticado, tuviera como favorito un plato tan sencillo. En su experiencia nunca se había sentido tan atraída por alguien sin motivo aparente. No estaba necesitada, ni se sentía sola, ni se aburría en absoluto. Al contrario, si hubiera alguien con un control emocional total, era ella. Sin embargo, se sentía obligada a explorar y formar parte de esta conexión, aunque no pudiera explicárselo a sí misma. Había algo en este hombre que le resultaba magnético, creando en ella un tirón de deseo y un tirón de contención.

Con un bolígrafo en la mano derecha, juntó las manos y rezó en voz alta:

—Señor, no recuerdo haber rezado cuando conocí a Frank. Hay algo en Aach que me atrae intensamente hacia él. Esta vez quiero detenerme, rezar y escucharte en la quietud. La rebelde que hay en mí sólo se rinde ante Ti y Te busca para que le guíes. Si existe la posibilidad de que Aach y yo nos unamos en uno, por favor, haz que ocurra con Tu guía. No permitas que se utilice Tu amor en un juego de palabras. Por favor, no permitas que Tu nombre se utilice en vano. Una vez que estás ausente, Señor, también lo está el amor. Lo he dado todo antes: corazón, mente y alma. Creía que no había más de mí para dar a un hombre. Tú, Señor, has sido mi consuelo, mi escudo, mi calma, el fin de todas mis luchas. Vuelvo a luchar porque me siento profundamente atraída por él sin saber por qué. Quiero saber más de él, quién es en el fondo, y él parece sentir lo mismo por mí. Por primera vez en mi vida, tengo miedo de a dónde me pueden llevar mis emociones. Me siento como una hoja en el

viento y no puedo justificar este sentimiento ante mí misma. Tú eres la fuente de todas las cosas. Soy lo más imperfecta que puedo ser, así que aquí estoy ante Ti, mi padre, mi Abba. Has guiado a esta mujer hasta este hombre. Le llamaste para que me llamara a mí, sin embargo, presiento que hay más en este hombre de lo que parece. Todavía no está todo dicho y hecho. Presiento que se avecinan aguas turbulentas. Tú, que caminaste sobre las aguas, por favor, hazme atravesar la tormenta que veo que se está formando. Percibo esta intensidad en ambos que podría llevarnos por el mal camino. Lo que tengas para nosotros será. Ayúdanos a alcanzarte, si alguno de los dos siente que se ahoga; ¡no nos abandones! Que sea Tu mano la que nos salve. Extiende Tu mano a cada uno de nosotros y permite que uno de uno de nosotros Te alcance y se aferre a Ti mientras busca al otro, para que ambos Te alabemos juntos por los siglos de los siglos. Amén.

Isla lloró aquella noche por primera vez en más de una década. No sabía por qué.

Aach envió un mensaje de texto:

Lo siento mucho. La diferencia horaria de California me está afectando. ¿Cómo te ha ido el día de hoy?

¡Aach! ¡Me alegro mucho saber de ti! Todo va bien. Me fue bien. Empezó temprano con nuestra oración. Pude hacer recados personales. Acabo de volver de la oficina, con poco trabajo. Mañana cocinaré los platos favoritos de Frank, ¡y por fin celebraremos su cumpleaños!

¡Qué bonito! Ojalá estuviera allí; le habría comprado un regalo. ¿Qué le has comprado?

Yo también desearía que estuvieras aquí. Me

mantuve cerca de tu corazón leyendo tus mensajes. Frank no quería que le comprara un regalo todavía. Generalmente le compro cosas que él no saldría a comprar. Artículos para la recámara y el baño. Él e Issa comparten un apartamento de dos habitaciones en el centro de Dallas, a una cuadra del negocio. Issa es una artista. Frank es un hombre de negocios como su padre. Issa no cocina, así que Frank me pidió que cocinara en su lugar.

Eso está bien. Siempre quieres que todos sean felices a tu alrededor y eso es bueno. Has dicho que te gusta escuchar música. ¿Estás escuchando música ahora mismo?

Sí, piano y guitarra, Antonova y Hauser. ¿Y tú?

Hoy ha sido un día ajetreado para mí. Ahora me prepararé para una noche de descanso. Te veré en mis sueños leyendo nuestra oración. Que descanses. Isla lo interrumpió –
"Antes de irme, vamos a conectarnos por SKYPE, deseo ver tus gestos, tu rostro. ¿Has descargado el programa en tu celular?"

Parcialmente. Está en mi celular, pero olvidé la contraseña. Utilizo SKYPE para los negocios, pero en la oficina todo está configurado para mí. Pediré la contraseña a alguien de la oficina, el equipo técnico estará en la oficina mañana, quizá puedan ayudar. Espero que lo pases bien con tu hijo.

Claro. No es gran cosa, mi deseo es ver tu rostro mientras hablamos. Me avisas cuando estés preparado. He intentado ponerme en contacto y estoy esperando a que aceptes mi invitación.
Isla se levantó temprano para preparar la cena de cumpleaños de Frank. Había ido al Mercado Central por el mejor filete mignon para hacer Steak Au Poivre. Como la

pimienta es el ingrediente principal, utilizó pimienta blanca en la salsa, ya que realmente marcaba la diferencia de sabor y olor. Los dos Franks e Issa vendrían a casa, y ella quería asegurarse de que todos estuvieran satisfechos con su cocina y lo pasaran bien. Sustituyó la guarnición habitual de patatas fritas por risotto de setas Shiitake y espárragos. Sonó su celular. Isla se limpió las manos en el delantal y contestó.

—Mamá, los dos hemos olvidado que hoy es el Super Bowl. Papá y yo estábamos pensando y no sé, ¿qué te parecería trasladar la cena a mi casa? ¿Te importaría cocinar aquí? ¿Hay algo que necesites y en lo que pueda ayudarte?

—Estoy encantada de cocinar allí. Lo tengo todo preparado. Empaquetaré toda la comida. Un momento, no he comprado el vino. Pregúntale a tu padre si le importa encargarse de eso.

—Estoy seguro de que cualquiera de nosotros puede hacerlo, pero le preguntaré. ¿Cuándo debo recoger la comida? Lo he dicho mal, ¿cuándo puedo ir a recogerte, seguro que la comida te seguirá? —Frank se rió, bromeando.

Al mediodía, Frank recogió a su madre y los recipientes con comida y lo acomodó todo en la pequeña cocina del apartamento que ocupaban él e Issa. Issa y su padre aún no habían llegado; se les esperaba hacia las tres de la tarde. Frank observó a su madre mientras reconfiguraba los platos de la comida, las flores, los platos desparejados de Frank y las copas de vino, en una mesa más pequeña.

—¿Quieres una copa de vino, mamá?

—Sí, gracias.

—Mamá, no quiero entrometerme, pero ¿va todo bien?

—Desde luego, ¿por qué no iba a estar bien?

—Sólo preguntaba. ¿Cómo va la experiencia de las citas en línea? A Isla la tomó desprevenida, pero mantuvo la calma. No estaba preparada y no creía que fuera prudente que compartiera con él sentimientos que ni siquiera ella podía entender.

Frank e Issa llegaron a las dos y media de la tarde con el postre y una botella de vino. Los cuatro disfrutaron de la comida y del juego. Issa llevó a su madre de vuelta a casa y la ayudó con los paquetes vacíos. Isla siguió con su ritual nocturno, pensando en la facilidad con la que todos se habían adaptado para crear el ambiente adecuado para que su hijo disfrutara de su cumpleaños. Su celular sonó, era Aach. Isla lo cogió rápidamente.

—Hola Aach, ¿has visto el partido? ¡Gran partido de Brady! Una actuación increíble. Disfrutamos del partido y no cruzamos ni una palabra sobre el trabajo. Acabé empacando la comida y terminando la cena en casa de Frank.

—Eso está bien. Sí, fue un partido emocionante, y algo aburrido al final. Todos sabíamos el doloroso final que se avecinaba para los Chiefs. Es estupendo que te hayas divertido. ¿Estás ahora en su casa?

—No, llegué hace un par de horas. ¿Cómo te fue hoy?

—Fue genial, y te eché de menos.

—Me pregunto por ti, Aach, todo el tiempo. Espero que podamos encontrarnos pronto. La sensación de que eres real me impactará cuando te conozca. Sí, sé que tengo tus fotos, selfis, incluso aquella en la que te pedí que me enviaras un selfi tuyo en el momento ¡y acababas de despertarte! ¿Sigues en Los Ángeles?

—Vuelvo mañana a última hora de la tarde. Sólo he llamado para darte las buenas noches. Te llamaré mañana, como siempre.

—Buenas noches.

A la mañana siguiente, Isla y su hijo Frank se reunirían con su exmarido Frank Meadows, padre, un gemólogo que debía examinar el cargamento de piedras preciosas que Franissa había recibido de Brasil. También tendría que certificar algunos diamantes antes de la subasta y, por último, evaluar y tasar una reliquia familiar. Isla disfrutaba de estas salidas con su exmarido y su hijo. Les llevaría toda la mañana, incluso parte de la tarde. Puso su celular en silencio y lo guardó en el bolso, no sin antes darle los buenos días a Aach.

Aach, estaré fuera con mis dos Franks en reuniones de trabajo. Los celulares no están permitidos durante estas sesiones, así que estaré fuera hasta probablemente a primera hora de la tarde. Estaré pensando en ti. Me pondré en contacto contigo tan pronto como pueda, o durante el almuerzo. Isla.

Muy bien, rezo para que tengas un buen día. Siempre estás en mis pensamientos.

Gracias. Me llena el corazón saber que te importa. Será mejor que vaya corriendo a la farmacia a comprar unas mascarillas. Estoy segura de que mis Franks no recordarán que las mascarillas son obligatorias.

¿Has desayunado?

No, la verdad es que no. Salí corriendo con una bebida proteica casera. Debería estar bien hasta el mediodía, cuando el hambre ataca.

Intenta conseguir comida, por favor, intenta conseguir un bocadillo.

Sí, comeré algo enseguida. Tú me haces la mujer más feliz del mundo.

Me hace feliz oírte decir eso. Gracias.

Acabo de coger mi bocadillo.

Bien, por favor, cuídate por mí. Hablaremos pronto.

Sí, me cuidaré por ti.

Acabo de enviarte un beso. ¿Recibiste mi beso?

Sí, lo recibí. ¡Lo recibí! ¡Gracias por la gran

sonrisa en mi cara! La gente va a empezar a preguntarse...

Mis colegas saben que soy feliz estos días, y todo gracias a ti. Gracias, querida Isla.

No le he contado a nadie mi nueva felicidad. Los mantendré expectantes un poco más. No quiero emocionarme demasiado hasta que tú y yo podamos mirarnos a los ojos y saber que esto es lo que hay: corazón, mente, alma y una guinda increíble en el pastel.

Quiero saber si ya has encontrado un nombre para llamarme.

Debo sentir que te encaja a la perfección cuando lo digo... me encantaría decirte algo al oído en francés, oo la la. Todavía estoy buscando... debe ser fuerte y masculino como tú.

Aceptaré cualquier nombre, siempre que sea de ti.

Mon Tigre.... eso es. Francés; Mio Tigre, italiano. Y para no aburrirte, Mio Tigre, lo disfrutarás en varias lenguas latinas, incluido el propio latín. ¡Mio Tigre!

Me río, me gusta. Me haces sentir bien y vivo de nuevo. Me siento tan joven contigo.

Yo también... Me gusta cuando me llamas 'bebé'. Estoy muy lejos de ser una bebé, pero me gusta. Bambino en italiano. Lección nº 1 en italiano. Il nostro amore è bello! Haré una excepción contigo. Eliminaré el legendario requisito de llevarle una manzana a tu profesor con una condición...:)

¡Dios mío! Estoy muy emocionado.

¡Eh, eh! Aquí somos profesor y alumno. Cuando conozcamos estas sutilezas y matices de la lengua, ambos seremos multilingües. Me siento tan feliz, mareada, sólo de pensar en nosotros.

No sé cómo me has atrapado, pero me haces sentir muy bien. Siento mariposas en el estómago.

Sé cómo me has conquistado; no he podido evitarlo. El sentimiento debe ser verdadero, debe ser fuerte. ¿Sabías que el cincuenta por ciento de las relaciones fracasan después de los très a cinco años?

Nosotros no lo haremos. Te distraeré del trabajo, te besaré detrás de la oreja.

Percibo que tu lenguaje del amor son los regalos. Mi lenguaje del amor es el tacto.

Esa es la guinda del parfait....

Siendo un poco nerviosa su imaginación hizo el resto. Sólo necesito mantener mis manos quietas cuando esté en público.

Te regalaré un Rolex.

Los regalos me ponen nerviosa... las cosas caras aún más. Te das cuenta de que no puedo hablar de este asunto con tranquilidad. Tengo una situación económica holgada, pero en ningún caso soy rica. En absoluto. Llevamos dos años esforzándonos, como familia, por alcanzar la meta y hemos estado muy cerca. Parecía que íbamos a lograr el objetivo este año, pero ya no con la pandemia. Estaré encantada si cerramos la brecha en 2021. Más que nada porque ahora hemos demostrado que nuestro negocio se puede ampliar.

¿Por qué te ponen nerviosa las cosas caras?

No puedo corresponder con lo mismo.

No necesito nada de ti. Puedo darte el mundo entero si me das una oportunidad. No tienes que estar nerviosa. Puedes relacionarte conmigo a todos los niveles. No te pongas nerviosa por las discusiones financieras conmigo.

No espero que seas rico. Tu perfil sólo indica que eres un conferencista profesional. Me encanta tu alma y GUAU me gusta tu mente. Sí, nos relacionamos maravillosamente a muchos niveles, y ambos mantendremos una buena discusión también.

Isla disfrutó de la mañana con sus dos Franks, aunque su mente divagó en pensamientos sobre su intercambio de textos con Aach. Esa noche, en casa, decidió servirse una copa de vino y abordar con Aach algo que la había estado molestando desde la mañana.

Aach, tengo que ser sincera y honesta.

¿Cuál es el problema, Isla?

Por favor, tómatelo con calma con los regalos... Libros, música: los apreciaré todos si vienen de ti. ¿Tengo sentido para ti?

No lo entiendo. ¿Qué hay de malo en regalarle a alguien que te importa?

No está mal... No estoy acostumbrada a recibir regalos caros...

Siempre hay una primera vez...

Quizá algún día yo también te compre cosas caras. Mientras tanto, podemos ir a pescar...

Estoy acostumbrado a cuidar de mi mujer.

Nunca un amor me ha vuelto tan loca. Me encanta la idea del desayuno en la cama, el café, una buena conversación y todo lo que sigue a una buena conversación. No puedo concebir una mente ociosa contigo. Un intelecto fuerte es tan sexy, y para colmo eres tan varonilmente guapo.

¡Gracias, meu amor!

El intelecto no se desvanece con el tiempo... sólo mejora.

¿Estás lista para la cama?

Estoy a punto de estarlo. Estoy en mi sofá, descalza, con los pies echados sobre el respaldo del sofá. Ya casi es hora de dar por terminado el día.

Estoy haciendo algo de papeleo. Estoy pensando en una ronda de conferencias en Europa. Isla, no tienes que estar nerviosa cuando estés conmigo. Estaré contigo en los malos y buenos momentos.

Yo también lo haré. Me ducharé y me prepararé para ir a la cama. Te enviaré un mensaje cuando esté lista para mi "piquito".

De acuerdo, meu amor.

Isla se apresuró a prepararse para ir a la cama.

Lista para mi "piquito". Esta noche se espera una tormenta invernal llamada Uri. Fuertes vientos al norte del Golfo que traerán aguanieve, hielo, frío gélido y cerca de 30 centímetros de nieve en Texas y durará varios días... ¿puedes creerlo? ¿Jack va a estar bien?

Sí, lo deje en una perrera. Está bien. Asegúrate de mantenerte arropada y quédate en casa. ¿Tienes suficiente comida y agua?

Sí, las tiendas estaban abarrotadas, pero me las arreglé para conseguir lo básico para una semana. Estaré bien. Ahora me voy a dormir. Hace mucho frío; ¡3 grados Celsius acá!

Al día siguiente, más de cuatro millones de hogares se despertaron a oscuras y permanecieron a oscuras durante días. Aach llamó a Isla.

—¿Cómo estás? ¿Tienes luz y agua?

—Sí, estoy bien. Me quedaré en casa toda la semana. Hemos cerrado la oficina como todo el mundo. Me pregunto por la gente que no tiene electricidad ni agua. Estoy preparando algunos artículos para dárselos a los albergues.

—El tejado de la casa de un amigo mío se derrumbó. Un árbol cayó sobre ella, dañándola gravemente. Los ayudaré y los alojaré en un hotel durante el tiempo que dure la tormenta, hasta que se puedan arreglar las cosas.

—¿Cómo puedo ayudar? —intervino Isla.

—Eres un encanto, querida. Me ocuparé de ello. No te preocupes. Estaré pendiente de ti durante esta larga semana helada.

—Bueno, estoy preparando una caja con mantas, artículos para bebés y ropa de invierno para la iglesia cercana. La mayoría de las iglesias están abriendo para acoger a las personas que no pueden quedarse en casa. Lo recogerán en la casa si pongo los artículos en el porche.

—Me encanta que tengas un corazón compasivo.

Consultaré con mi iglesia local para saber si pueden ayudar a mi amigo —Aach continuó—. Tengo que tomar una decisión difícil. Por lo general, evito abarcar más de lo que pueda. Seguiré analizando la situación y la resolveré. Sólo quería asegurarme de que estabas bien. Espero que todo vaya bien.

—Lo entiendo. El tiempo a solas es bueno. Al menos es bueno para mí. Agudiza mi concentración y mi capacidad de decisión. Gracias por preguntar cómo estoy.

—Te quiero mucho.

—Yo también te quiero, Aach. Me gusta cómo me quieres, cómo me cuidas. Un día me despertaré necesitando todo esto. Mi ser entero reacciona a tu voz y a tus palabras... me tranquilizas.

—Estoy deseando abrazarte, Isla.

Capítulo 3
Incertidumbre razonable

A la mañana siguiente, apenas se despertó, Isla escribió:

> *Buenos días, amor mío. Bendito sea este día, y todos los días venideros al creer en aquel cuyo amor perdura para siempre. Por favor, lee el Salmo 46, para líderes de éxito. Puede que te ayude en el difícil proceso de toma de decisiones por el que estás pasando. Espero que te ayude a dejar de lado el miedo; o a tomar el camino más seguro y fácil. Todo se reduce a cómo quieres vivir y para qué quieres vivir. Espero que te ayude en este momento y te ayude a resolverlo. Te quiero.*

> Aach: *Gracias por estar a mi lado, mi amor. No puedo agradecerte lo suficiente por apoyarme tanto. Te quiero mucho.*

> Isla: *Siempre, mi amor. Creo en ti y me siento muy bendecida de que me hayas encontrado. Es tan divertido, o al menos eso creo, que matemáticamente hablando las posibilidades de conocer a alguien con quien conectar son mínimas. Hay tanta gente por ahí cruzando señales en Internet como meteoritos, cometas, asteroides cruzando el universo exactamente al mismo tiempo, al milisegundo y nos encontramos... las estrellas deben haberse alineado para que eso ocurra. ¿Increíble, ¿eh? Tal vez esté destinado a suceder,*

¿eh? Antes de conocerte, sentía que estaba en piloto automático. Creo que Dios, que es la fuente de todo, me tenía varada a propósito. Obedecí su voluntad. Él me mantuvo a salvo y feliz en mi espera. Luego, me liberó para ti. ¡Del estancamiento a la acción!

Isla escuchó las canciones que Aach le había enviado para elaborar su lista de reproducción. Fue idea suya; ambos aportaban canciones que les llegaban al corazón y sacaban lo mejor de su relación. Pensaban escuchar la lista de reproducción cuando él volviera de Londres, la última etapa de su viaje a Europa. Sonó el celular.

—¡Aach!

—Cariño. ¿Cómo te va?

—Bien, muy bien. Debo pellizcarme cada hora del día. Estaba escuchando "Perfect" de Ed Sheeran. Siempre eliges la canción adecuada.

—¿Recibiste mi mensaje de irnos juntos, tal vez a un romántico hotel en la playa? La primera de muchas escapadas que disfrutaremos, después de una serie de charlas.

—Sí, y me gusta la idea de las vacaciones. Tengo que renovar mi licencia de conducir que venció a principios de año.

—Bien. Tengo que irme ya. Te quiero. Por favor, mándame un mensaje a menudo. Te echo de menos.

Finalmente llegó a casa para comer a las cinco y cuarto de la tarde.

«Cuanto más leo sus mensajes —se dijo—, encuentro pensamientos que me he perdido, porque siempre tengo prisa. Es evidente que los dos queremos estar juntos. Me he enamorado perdidamente de este hombre, al que no conozco, pero siento que lo conozco de toda la vida. No puedo imaginar mi futuro sin él; sin embargo, me da miedo sentir lo que siento por él. Como si al correr hacia él para decir, 'sí quiero', estuviera saltando a un abismo.

»Si Aach es tan devoto al Señor, no entiendo por qué si

Jesús dejó el Espíritu Santo en nosotros para guiarnos, ¿por qué sigue pensando que el mal acecha en cada esquina? Dios me ha guiado en algunos momentos difíciles durante los últimos diez años en los que he tenido que enfrentarme a tiempos difíciles y dolorosos. Me ha mantenido libre y me ha protegido de la malicia y el mal. No puedo relacionarme con el mal. ¿Por qué el mal, o el diablo, está tan presente en sus pensamientos? El mal es una elección. El dolor es trágico, pero no es una elección. Todos sufrimos, sobre todo por las decisiones que tomamos. Tal y como yo lo veo, ambos tenemos que plantearnos para hacer cambios en nuestro estilo de vida si queremos avanzar juntos. Si quiero compartir el resto de mi vida con Aach o con cualquier otra persona, tendré que adaptarme a las circunstancias que una persona importante traerá inevitablemente a mi vida. Sobre todo, cambios en mi estilo de vida: no puedo seguir trabajando de doce a catorce horas al día y tener una relación feliz.

»He construido esta empresa con Frank y nuestros hijos. No sólo es nuestro sustento, es nuestro legado para ellos. Cambiar eso para adaptarse a un hombre no es algo que ocurra de la noche a la mañana. No puedo irme de vacaciones prolongadas como hace él, tomándome tres meses de descanso después de cada temporada de conferencias. Lo único que puedo hacer ahora es planificar una semana juntos, una semana. Eso no es nada comparado con lo que él quiere. Sé que se sentirá defraudado, pero sinceramente, ¿de dónde vienen sus expectativas? Me conoció y actualmente no estoy preparada para irme durante tres meses consecutivos. No le pediría que dejara de viajar o que se tomara largos períodos de descanso. Creo que ha insinuado que espera que reduzca mis horas. En retrospectiva, me ha dicho claramente que trabajo demasiado. Es cierto.

» Sólo que nunca me di cuenta porque me tomo en serio mi contribución a la empresa. Tengo una relación íntima con el trabajo y el trabajo ha dado sentido a mi vida; también ha sido mi vía de escape, la forma en que libero o resuelvo las emociones conflictivas. Pienso mejor cuando trabajo y puedo organizar mis pensamientos y priorizar. El trabajo me alivia cuando estoy sufriendo. Me olvido de mis problemas. La felicidad me inspira a trabajar para activar mi creatividad; me inspiro y trabajo. Lo mismo para cualquier otra emoción que sea capaz de sentir. El trabajo es terapéutico, el trabajo es honorable, el trabajo es progreso. Frank, mis hijos y yo parecemos compartir la misma filosofía sobre el trabajo y por eso estamos donde estamos. Por trabajar hasta la extenuación.

» Lo entiendo. Una persona como Aach se toma un tiempo libre después de cada temporada de conferencias. Me preocupa tener que averiguar cómo puedo tener una relación profunda y significativa con él si no puedo resolver el hecho de que perciba que el trabajo es una barrera entre nosotros. Nada va a ser una barrera entre nosotros. Aunque no he mencionado nuestra relación a mis hijos, saben que tengo un amigo con el que mantengo correspondencia por Internet. También he insinuado una jubilación anticipada y la necesidad de que contratemos a personas capaces para sustituirme eventualmente en la oficina.

»Ambos tenemos hijos. Ambos podemos ayudarlos a crecer y expandirse en su línea de trabajo. Creo que sería emocionante. Es una cuestión de resolverlo todo. Eso lleva tiempo; Aach y yo necesitamos más tiempo juntos para conocernos mejor. Es un efecto dominó, no podemos esperar para aprender el uno del otro si no pasamos tiempo juntos cara a cara. Reunirse por Skype es una buena idea, pero no es suficiente. Al menos, no es suficiente para mí. ¿Estoy poniendo el carro delante de los bueyes? ¿Pensando demasiado en lugar de disfrutar el uno del otro? Necesito inspeccionar para aceptar; él parece aceptar la situación tal y como es. Es una gran diferencia de pensamiento y sentimiento. Aach parece más impulsivo; yo soy más analítica y me resulta más difícil tomar decisiones precipitadas, dejándome llevar por la emoción de lo que sentimos».

Le ayudó pensar en todo ello por sí misma en la tranquilidad y la comodidad de su casa. Se quedó dormida pensando en Aach, que en ese momento seguramente ya estaba en España. «Esta es para nosotros. "Need Your Love So Bad" de Gary Moore. Estoy ahí, junto a ti, en tus brazos, en tu dulce abrazo... dime que me quieres, necesito tanto tu amor». Se despertó e inmediatamente vio su celular. Encontró su mensaje.

> *Aach: Espero que tu día vaya bien. Ha sido un día agitado para mí, ya que hoy es mi primer día en Pamplona. Voy a dar una charla en una universidad privada de alto nivel fundada en 1952, la Universidad de Navarra, situada en la frontera sureste de Pamplona, España. Es la más internacional de las universidades de España. El tema es* **La Motivación. El objetivo hacia el que nos movemos**.
>
> *Isla: Qué interesante. Cómo me gustaría estar allá.*
>
> *Aach: Bueno, podrías leer mi disertación y decirme lo que piensas.*
>
> *Isla: ¡Sí, lo haré!*
>
> *Aach: He enviado el discurso completo en un PDF; dale un minuto, o dale cinco.*

Cita abierta: Podía oír la voz de Aach mientras leía.

> *Todos tenemos un objetivo y todos avanzamos hacia él. En la búsqueda de ese objetivo, se nos mostrarán retos y oportunidades. La pregunta que nos hacemos es ¿quién soy yo? asegúrate de personalizarlo ¿qué hago con esos retos y oportunidades que definen el resultado de mi día? ¿Me doy cuenta de las oportunidades que se me presentan a lo largo de mis retos diarios? Ahora bien, para que la oportunidad se presente, primero debes estar enfrentándote a un reto. Antes de lanzarte a buscar soluciones, hazte la primera pregunta. Es imprescindible que te preguntes: ¿es esto a lo que quiero comprometerme o preferiría estar haciendo algo diferente?* **Responde a esa pregunta; primero tienes que responder a**

esa pregunta*. ¿Realmente quiero terminar la frase? Si la respuesta es sí,* **entonces haz una lista de las cosas estúpidas que estás haciendo hoy y que contrarrestan tu intención de avanzar hacia tu objetivo. ¿Sería la pereza algo a tener en cuenta? ¿El exceso de alcohol, otros hábitos estúpidos que puedes cambiar si realmente quieres?** *Si decides que realmente no quieres hacer lo que estás haciendo, ¿qué es lo que realmente quieres hacer? Si es otra cosa,* **entonces deja de hacerlo**, *sólo estás ocupando un espacio que está destinado a otra persona.*

Date cuenta de que eres **TÚ** *quien está en el lugar equivocado: Vé a donde tienes que estar y empieza a hacer lo que realmente quieres hacer.* **No puedo ayudar a los que no saben a qué quieren aspirar.** *Estoy aquí para decirles a los que ya conocen su objetivo cómo llegar a él. La ciencia del éxito. Para tener éxito debes estar presente en tu vida. Tienes objetivos y compartes esos objetivos con personas que te apoyan y dejas de hablar con los detractores. Sé consciente de lo evidente. Hay más detractores en el mundo que personas que te apoyen. Sé amable con los que te apoyan, de lo contrario tu agenda se resentirá. Gastarás más energía y más dinero de lo que nunca pensaste en el camino hacia un callejón sin salida. Y a partir de ahí todo va cuesta abajo. Mantenerte centrado en tu objetivo es la clave para la siguiente fase de tu vida. Tu vida se moverá ahora por fases, pero las fases están hechas de pasos. Pasos que das a diario. Entonces,* **¿qué tienes que hacer?**

En este momento busco a ese estudiante ansioso que ha sido captado por el discurso, camino hacia esta persona, manteniendo el contacto visual y le pregunto.

La respuesta a esta pregunta debe estar dentro de ti. **Entonces, como tú mismo de nuevo,**

¿qué necesitas hacer? *Miro intensamente a los ojos de ese estudiante ansioso que está tratando de averiguar la respuesta correcta.*

Mantener la concentración o crear una disciplina, una rutina diaria o algo parecido sería la respuesta correcta. A continuación, señalo que **buscas tener la motivación**. *Pero sentirse motivado no es un sentimiento mágico que puedas sacar del aire. Así que, ¡sí! Tienes que habituar a tu cerebro a enviar esa chispa de energía a todo tu cuerpo que te mueva, para ¡salir del letargo o de la cama y afrontar el día! Todos los días, te apetezca o no.*

En este momento espero ver a algunos alumnos moverse nerviosamente en sus asientos; algunos se levantarán y abandonarán la sala. Seguiré trabajando en la sala hasta que sólo queden los que permanezcan en el curso.

Lo que es diferente aquí es que la mayoría de los estudiantes son mayores, están casados y tienen familias, situadas en diferentes zonas geográficas. No van a casa de sus familias para recibir comida, afecto y descanso. Dependen de sí mismos y de los demás. Estar lejos de la familia es uno de los aspectos más sacrificados de la vida estudiantil, de ahí el alto nivel de depresión en el campus y en casa.

Entonces Aach cambió el tono y la dirección de sus pensamientos.

Amor mío, te echo de menos y estoy aquí pensando en ti, en nosotros y en nuestra familia unida. Ha sido difícil tratar de localizarte y puedo decir que la comunicación es irregular, excepto cuando estoy en el hotel. Cariño, eres la mejor a mis ojos y en mi corazón. Me encanta todo lo que compartimos juntos y me encanta hablar contigo, cariño. No importa lo que ocurra con nosotros, siempre te llevaré en mi corazón. Eres un salvavidas y tienes todas las cualidades de una gran amante. Aquí estoy enseñando a otros a sentirse motivados, y me dan ganas de llorar cuando pienso en ti. Mis sentimientos son cada día más fuertes. Tú confías en mí. Eso me derrite por dentro. Mi amor por ti es más profundo que el mar, no hay lugar en la tierra en el que prefiera estar más que en tus brazos. Mi corazón te pertenece. Mis deseos, mi pasión es tan fuerte, que lo único que quiero es estar contigo compartiendo momentos. Soy tu mejor amigo, amante y todo lo que necesites. Siento que eres mi sueño hecho realidad. Te apreciaré para siempre, y te amo, Isla, desde el fondo de mi corazón.

Me detendré aquí por ahora y descansaré un poco. Me siento cansado debido a la diferencia horaria. Sigue rezando por mí, mi amor, tengo nuestro interés en el corazón, todo lo que hago, lo hago por nuestra familia y por un futuro sólido juntos como pareja. Cuida de ti misma y quiero que sepas que siempre estoy contigo en espíritu y en alma. Mantente en contacto.

Mi querido Aach,

Mi amor, tus maravillosas cartas me llenan de alegría, me río hasta que se me saltan las lágrimas; o lloro cuando siento tu dolor, cuando me dices que soy un salvavidas. Me gustaría poder ayudar más a aliviar tu dolor, pero no sé cómo. Si pudieras contarme las penas de tu corazón. Quiero que sepas que sonrío cada vez que me doy cuenta de lo maravilloso que ha sido enamorarme de ti. Eso incluye la melancolía de tus ojos, que siempre llama mi atención. Tus ojos quieren contarme una historia que tus labios no me han contado. Me he enamorado de tus ojos, de tus manos fuertes. También me gustan tus lentes. Tenías razón cuando dijiste al principio que la pandemia nos daría la oportunidad de conocer realmente el corazón y el alma del otro antes de unirnos como uno solo. Lo mejor de nuestra relación es que el Señor está en el centro de ella. Me encanta que ayudes a otras personas a encontrar soluciones a problemas prácticos. Por ejemplo, ayudaste a un amigo durante la tormenta de nieve en febrero. Enseñas a los que empiezan su vida adulta a vivir una vida basada en la guía que el Señor nos dejó en la Biblia. Eso es algo que estamos llamados a hacer, pero yo no lo hago. Es un don que hay que compartir, y lo compartes como si sembraras una semilla que germinará algún día. Me duele toda la gente que se considera atea o agnóstica, pero no les enseño sobre mi Dios; los acepto como son. He encontrado ateos que me dicen que la ciencia es todo lo que saben y entienden, pero encuentro que estas mismas personas son amables, dulces, hermosas, por dentro y por fuera. Conozco a una persona, muy cercana a mí, que cuida de los enfermos, lucha por los desvalidos, ayuda a quien se lo pide... muy parecido a lo que haría Cristo. Sin embargo, niegan que Cristo sea el Salvador y que haya muerto en la cruz por nosotros y que su resurrección sea nuestra salvación. Si no hubiera ocurrido la resurrección, entendería el argumento de que Jesús no era el hijo de Dios, ¡pero la resurrección ocurrió! Ella lee a escritores ateos que ni siquiera puedo citar. Tampoco quiere que introduzca en la conversación a «Jesucristo», al que llama «mi amigo imaginario». Para ella, y para todos ellos, soy una delirante. Dejando eso de lado, soy lo suficientemente buena como para ser su amiga.

Pero soy una bribona, o una irreverente, y una testaruda como decía mi madre, y sigo alabando al Señor, por todos los milagros que veo a diario. Sí, aquí estoy. No voy a la iglesia, como tú.

Sobre el trabajo, puedo imaginar el auditorio y los estudiantes, mayores que los de nuestras universidades y es tan interesante leer tus vívidas descripciones de las áreas. Tu capacidad de liderazgo es asombrosa. Transformando a hombres y mujeres, ayudándolos a convertirse en lo que quieren ser. ¡Mi tigre! ¡Hay algo en ti que es tan magnético! Sin embargo, a veces, confieso, todo parece irreal. Demasiado bueno para ser verdad... como una burbuja a punto de estallar.

Puedes decirle al mundo que te quiero porque lo hago. El cielo está despejado y el sol brilla, la luna y las estrellas, los cometas, los meteoros, los planetas y todas las criaturas que Dios creó celebran con nosotros. Hablas del mal; conozco el mal, mi intuición me alerta de su presencia fría y despiadada. Sus formas seductoras y su instinto de devorar. Comprendo que el Espíritu Santo es mi escudo contra lo maligno. Nunca consideré al diablo porque el mal es un enemigo sobrevalorado. Si Dios está conmigo, ¡quién se atrevería a estar contra ÉL! Así que eliminé ese concepto de mi mente. Sé que las iglesias lo plantean como algo muy real. He aprendido contigo que crees que el enemigo existe y que debo llevar el escudo de Dios para protegerme de los que se acercan para hacer daño.

Me inspiras a hablar del diablo sobre todo porque me pregunto por qué nunca me afectó el mal del mundo antes de que sacaras a la luz al diablo. Si el mal es real, es porque nosotros mismos provocamos el mal. Lo mismo ocurre con el cielo. Si traemos la bondad a nuestra vida, y la vivimos con fe en el buen Señor, la probabilidad de disfrutar de una buena vida es muy real. Una buena vida no está exenta de dolor; nuestra fe nos ayuda a superar la adversidad. Me parece increíble que enseñes nuestra fe porque eres creyente. Incluso a veces te paras a rezar con ellos. El hecho de que busques ayudar a los demás mientras viajas cambia sus vidas. Encuentras tiempo para alabar al Señor con ellos. Eso es lo que hizo Jesucristo. Me gustaría hablar contigo de la fuente de tu motivación. ¿Qué es lo que hace que te levantes cada día con ganas de ayudar a la gente?

Mientras tanto, te espero, mi Aach. Espero cada piquito y cada beso que tienes para mí. Te espero para que tu caricia y tu pasión se rindan a la mía.

Amado mío, doy gracias a Dios por haberte encontrado en la inmensa Internet. Gracias por escribir exactamente las palabras a las que yo respondería; gracias por pedir mi celular... gracias, por preguntar por qué... ¡gracias por ser TÚ! ¡Debo volver al trabajo, mi amor!

Siempre tuya.

Sigue siendo bendecido, Isla

Hola cariño,

Me voy de España. Los compromisos en Madrid también fueron exitosos, así que me siento alegre y ahora me dirijo a Frankfurt. Estaré allí cuatro días. La Universidad de Navarra me ha entregado el cheque, los decanos y otras personas me han invitado a comer como despedida. ¡Estoy emocionado por haber completado la primera etapa de mi viaje y por ir a verte pronto!

Hoy ha sido un buen día hasta ahora; he completado con éxito las conferencias, y tú eres una gran parte de ese éxito, mi amor. Me encantan tus cartas, tu curiosidad por saber cómo entendemos todos nuestras enseñanzas cristianas de forma muy personal. Todos los seres humanos son únicos. Supe desde el principio que había algo especial en ti; has tocado mi corazón y no lo has dejado. Nuestra relación ha renovado mis sueños, y ahora me siento feliz. Has entrado en mis pensamientos y has borrado mágicamente todos mis miedos, que son los miedos normales sobre el mañana, sobre nuestras propias capacidades, sobre ser vulnerables. Borraste todo eso con tus maneras dulces y cariñosas. Ahora espero con ilusión cada día y me siento muy a gusto contigo. Estoy tan agradecido de que podamos compartir nuestros problemas y aspiraciones entre nosotros. Ya formas parte de mí. Pensar en ti me llena de sonrisas y me muero de ganas de abrazarte.

Estoy muy contento de ser amado por alguien tan especial como tú. Siempre pensé que nadie sería capaz de hacerme feliz y ganar mi corazón de nuevo hasta que te conocí. Realmente has cambiado mi vida y doy gracias a Dios por ser querido y amado por alguien como tú. Si vuelvo a este mundo de nuevo, me gustaría volver a encontrarme contigo donde podamos compartir el maravilloso amor que hemos empezado. Te quiero mucho, mi amor. Ahora mismo significas todo en este mundo para mí. Gracias a Dios, por fin te he encontrado. Eres mi todo.

Sólo quería hacer algo sencillo para decirte que te quiero y para poner esa sonrisa en tu cara. Quiero que todos sepan lo mucho que significas para mí. Desde que entraste en mi vida, he estado flotando en una nube y todavía no he bajado.

Te lo digo todos los días, y lo volveré a decir. Eres la persona más bella que conozco, por dentro y por fuera, y lo veo más claro cada día que pasa. Me encanta todo de ti, de nosotros. Me haces algo que ninguna otra ha hecho, me has hecho tan feliz, lo más feliz que he sido. Me das los sentimientos más increíbles por dentro, la sensación de estar enamorado de ti. Todavía no sé qué he hecho para tener tanta suerte de tenerte en mi vida, mi sueño se hizo realidad... Pero estoy muy agradecido. Desde que te conocí, hemos crecido mucho en el amor, y no puedo esperar a ver lo que nos depara el futuro. Te quiero, Isla, con todo mi corazón y mi alma, ¡siempre y para siempre!

Quiero hacer esta promesa basándome en el amor que me has demostrado y en las cosas que has hecho para mantener vivas mis esperanzas. Tesoro, hoy declaro mi amor para ti. Y sólo para ti y es desde el fondo de mi corazón. Prometo estar a tu lado en los buenos y malos momentos porque tú vales el mundo.

Ruego que el Buen Dios nos cuide hasta el final de los tiempos.

Tu amor,

Aach

Aquella noche en Dallas, Isla no pudo dormir. Dio vueltas en la cama sin descanso, incluso cambió su posición para dormir, apoyando la cabeza al pie de la cama y los pies hacia el cabecero. Sin embargo, no podía dormir. Rezaba. Lo que más le preocupaba era que no podía precisar qué le pasaba. ¿Estaba sobre analizando cada palabra de Aach? Su comentario «si vuelvo a este mundo» la desconcertó. Su cerebro ardía, su cuerpo estaba en alerta máxima, esperando que algo... sucediera.

Tal vez estaba inquieta porque Aach no tardaría en volver y estaba haciendo una parada para encontrarse con ella. Por fin miraría al hombre de carne y hueso, lo miraría a los ojos y vería que era de verdad. Sería muy emotivo, incluso para ella, que estaba acostumbrada a separar la emoción y el pensamiento. Él la entendía toda. Estaba deseando conocer al hombre que lo tenía todo. Conocerlo por primera vez como si estuvieran hechos el uno para el otro. ¿Y si ella no le gustaba, y si no eran compatibles una vez que se conocieran?

«¿Soy tan tonta?», pensó. «De todos modos, será mejor que vea a mi médico. Que Gina me revise para asegurarme de que no estoy a punto de tener un ataque de nervios. He estado trabajando mucho, y la relación con Aach, aunque va bien, es nueva, muy nueva.» Cogió el móvil y envió un mensaje a la consulta de su médico de cabecera para pedir una cita. Se sentía tan agotada que volvió a dormirse y no fue al trabajo por primera vez desde que volvió de sus vacaciones.

Al día siguiente, a las tres de la tarde, entró en la consulta de su médico, donde la enfermera auxiliar la saludó.

—Señora Meadows, me ha sorprendido ver su solicitud de cita esta mañana. Tiene un aspecto estupendo, como siempre, ¿qué le trae por aquí?

—Hola, Maureen, gracias. —Isla describió su situación—. Me siento agotada y no puedo dormir. «Isla deseó que Aach estuviera allí para abrazarla y hacerla dormir».

—Entiendo, entiendo, usted está bien, señora Meadows. — Maureen sonrió mientras observaba a Isla caminar por el pasillo—. Por favor, tome asiento junto al escritorio, le tomaré las constantes vitales y luego la doctora Purcell vendrá a verla.

La ayudante la pesó, le tomó el pulso, la temperatura y le revisó los ojos, la nariz y los oídos.

—Ha perdido unos cuantos kilos —comentó Maureen, sin alarmarse—. ¿La pérdida de peso ha sido intencionado?

—No, no la había notado. ¿Es todo normal?

—Sí, señora Meadows, usted está bien. —Maureen la dejó esperando a la doctora Purcell.

—Hola, Isla, me alegro de verte. Tienes buen aspecto, como siempre, ¿qué te trae por aquí? —La doctora Purcell se río. Cogió la ficha de Isla y comentó la pérdida de peso—. Realmente no es gran cosa, unos dos kilos. Cincuenta y seis para tu contextura es un poco bajo, pero puedes recuperarlos fácilmente. Sin embargo, debes estar aquí por otro motivo, ¿no?

—Gina, estoy aquí porque estoy un poco preocupada. Tengo dificultades para dormir, mi cerebro está en llamas. Estoy excitada y feliz hasta un punto en el que es muy incómodo. Me temo que mi mente y mis sentidos están en alerta las veinticuatro horas del día. Si continúo con esta tendencia, tengo miedo de tener un ataque de nervios.

—¡Vaya! ¿Todo anda bien? Has dicho la palabra miedo demasiadas veces en una sola frase. ¿Va todo bien en el trabajo?

—Sí.

—¿Y en casa?

—Todo bien. Viajé hace poco y, aunque no pude hacer

nada divertido porque me enfermé, me vi obligada a descansar.

—¿Hay algo agradable, o tal vez, algo nuevo en tu vida? ¿Algo fuera de tu rutina general? —preguntó Gina con cuidado.

—Sí, he conocido a alguien. Soy muy feliz.

—Fantástico, me alegro por ti. Entonces, esa puede ser la causa de tu ansiedad. Es especial, supongo, o se ha vuelto muy especial... hmm.

—No nos hemos conocido físicamente; estamos en línea —aclaró Isla.

—Qué moderno. Puede que no lo hayas conocido físicamente, pero ya estás ahí, Isla. Esta situación puede provocar mucha más ansiedad si no te reconoces a ti misma que no estás pensando bien. Es lo mismo que si condujeras bajo los efectos del alcohol. El estrés puede hacerte perder la percepción de la realidad, del entorno y de la percepción de los demás hacia ti.

El amor platónico tiene sus pros y sus contras... y tú tienes los tuyos propios. Tú y este hombre no se han reunido y separado para volver a reunirse en el futuro. Tú y él no nunca se han conocido y están planeando reunirse en el futuro. Utiliza este tiempo intermedio sabiamente. Tu situación está llena de riesgos. Te has enamorado de una persona que no conoces realmente y corres el riesgo de no llegar a conocerla nunca. En pocas palabras, ése es el reto de las relaciones cibernéticas. Estás deseando que sea real; pero ¿lo es? La pregunta realista que hay que hacerse es: ¿cuánto tiempo llevas sin pareja?

—Lo suficiente para que se acumulen telarañas en mi cerebro, unos diez años.

—Y tienes cuarenta y nueve años, ¿verdad?

—Sí, querida.

—Estás en la flor de la vida; no pareces tener más de treinta y nueve años. Tu cuerpo está tratando de decirte que está sometido a estrés; su transición de un largo período en modo de adormecimiento a un modo de mucho calor, demasiado rápido. La reacción química del cerebro ante la atracción física es la misma que tiene cuando se combina una determinada mezcla de sustancias químicas. Es igual al efecto del consumo de cocaína. No estás drogada. Estás en la fase de lujuria. Tu cerebro necesita definición, así que estás deseando reunirte con él. Puede que ni siquiera te guste cuando te reúnas con él, pero al menos habrás definido que no te gusta.

—Sí, le dije que necesitaba analizar completamente la situación antes de aceptarla.

—Sin duda. Eres un ser inteligente y no tiene ningún sentido que entregues tu voluntad a la de un hombre que no conoces. Tu ansiedad se debe a la sobreestimulación de tu cerebro por su producción de adrenalina, dopamina, serotonina y estrógenos. Yo diría que es un cóctel fuerte.

—Creía que me estaba tomando las cosas con calma —dijo Isla con incredulidad—. Aach y yo no nos hemos reunido. Estoy perdidamente enamorada, esperándole.

—Desde luego, estás locamente enamorada de él. También tienes una relación muy satisfactoria. Te produce mucho placer. Aunque la relación sea platónica en este momento, tu cerebro está motivado para establecer un vínculo con esta persona con esta persona con la esperanza de que pronto sean pareja. Al amor se le llama a veces «locura temporal», y lo es. Una vez que la relación progrese, tu cerebro producirá oxitocina, que ayuda a los humanos a desarrollar el apego que va más allá de la lujuria, y te sentirás más como la persona que eres en tu vida diaria.

Isla se rio a carcajadas.

—Gina, conozco la ciencia de todo esto. Es que nunca pensé que me pasaría a mí. Nunca he sentido esto por nadie. Cuando conocí a Frank y me casé con él, estaba enamorada, pero era un sentimiento del tipo de una dulce canción de cuna. Esta vez, siento como si un tsunami me hubiera levantado del suelo y estuviera volando como una cometa. Me sorprende que haya sido Aach quien me haya llevado a un lugar en el que estoy abrazando el sentimiento de amar y ser amada.

—Quizá sea bueno que no esté físicamente contigo. Disfruta de ello. Pero no tomes ninguna decisión importante mientras estés bajo el estado mental actual. Lo que sientes ahora es temporal. Tu mente y tu cuerpo no pueden permanecer bajo este estrés durante mucho tiempo. Algunos dicen que sólo puede durar tres meses, otros dicen que tres años... depende de la intensidad. El momento está diseñado para la procreación, y no estás hablando de bebés, ¿verdad? Habla con él, dile que prefieres esperar para dar el siguiente paso. Dile que te conoces. Eres una mujer piadosa, pero también eres una criatura con una naturaleza sexual salvaje y animal, y te recomiendo que esperes para tener sexo. A ver qué dice, cuando llegue y le digas que quieres esperar un poco más. Por cierto, espero que Aach sea un buen hombre. Conozco a Frank; es un buen hombre, y ustedes dos no han encontrado la manera de conciliar sus diferencias en diez años. Ve paso a paso con Aach.

—Es todo lo que siempre he querido; es tanto, que tengo miedo porque siento que ya le pertenezco; aunque no me haya reunido con él.

—Ahí está de nuevo el miedo. Si todo sigue bien, dale la oportunidad de establecer un vínculo profundo contigo. No dejes que el miedo te impida una de las emociones más necesarias que existen para nuestro bienestar, nuestro equilibrio como seres humanos. Necesitas volver a amar.

—Gracias, Gina —dijo Isla al salir de la consulta del médico. «Hasta aquí la ciencia», pensó. «Me siento conectada a Aach; me lo tomaré con calma porque aquí empieza mi historia de amor. Nuestra relación es tan frágil que cualquier cosa puede romperla». Necesitaba desesperadamente dormir, así que se duchó, se secó a palmaditas y se metió bajo las sábanas, desnuda. Cogió su bloc de notas y escribió:

> *¿Está bien que susurre a tu oído que sueño con tus caricias*
> *Cuándo el sol parece colgar sobre el horizonte,*
> *Y cuando la luna parece besar al mar,*
> *Siento que aumenta mi deseo por ti.*
> *¿Está bien que te diga que deseo sentir tu aliento en mi piel limpia?*
> *¿Y deseo que pienses en lo que significa ese*

momento para ti?

Quiero que escojas un aroma para mi cuerpo,
En la primavera...
¿Deseas que mi piel te recuerde el aroma de una rosa inglesa?
O que mi piel te recuerde la fruta madura colgando de un árbol
Durante un caluroso verano...
¿O tal vez prefieras el olor a madera ardiendo en el fuego?
Una mezcla de musgo, cigarro y brandy, ¿en una noche de otoño?
¿O. quizás prefieras el aroma limpio y crespo de una mañana de invierno?
Quiero ser todas tus estaciones,
Serlo todo; y ser única en tu vida,
¡La que captura el aroma de todas las mujeres del mundo para ti!
Cuando llegue el día en que pueda ser tuya
Sabrás que en mis sueños lo he sido ya, muchas veces.
Y tú forma de amarme y sostenerme en tus brazos
Logrará que no pueda separarme de ti nunca más...
De allí en adelante, donde quiera que vayas, llevarás mi aroma en tu piel,
Eternamente.

Ahí estaba, en blanco y negro. Él se lo había dicho. El divorcio no nos sucederá; lo tenemos todo. El deseo de ella respondía ahora al deseo de él de hacerla su esposa, su compañera de vida, su mejor amiga, su amante.

Isla lo quería todo, sentía que lo había encontrado todo con Aach. Tenerlo todo significaba que ella y su hombre tenían una fuerte y maravillosa conexión espiritual e intelectual y que también esperaban divertirse, compartían la química física necesaria para mantener la intimidad física.

Soñó que se acurrucaba con Aach. Él le había dicho que le gustaba acurrucarse ; ella soñó que le contaba su historia y él le contaba la suya. Soñó que le decía que él dominaba su corazón. Él le había contestado que se lo tomaría muy en serio.

"Sé que no puedo darte el mundo entero, pero puedo prometerte que siempre te amaré. Mi corazón es tuyo, y aunque sé que cometeré errores, nunca te romperé el corazón. Estaré a tu lado mientras perseguimos nuestros sueños juntos, y nunca tendrás que preguntarte si todavía me importas. Pienso en ti todo el día y cuando no estoy cerca de ti mi mente se consume con pensamientos de estar cerca de ti. No tengo que pedirle nada a Dios porque si te tengo en mi vida, tengo todo lo que podría desear en una mujer. Lo único que quiero es pasar el resto de mi vida haciéndote tan feliz como tú me has hecho a mí. Te quiero tanto que no puedo esperar a estar pronto contigo. Estoy deseando besar tus labios y ser el hombre de tu vida. Y gracias por tus amables y encantadores mensajes. Eres mi mundo y yo te amaré siempre, Isla. Estoy completamente enamorado de ti. Me despierto para pensar en ti y me duermo para verte en mis sueños. Tu amor me ha hecho amar mi vida. Cada día parece una bendición desde que te conozco. Me siento tan afortunado y honrado de estar enamorado de una mujer tan amorosa, bondadosa, hermosa e inteligente. Te amo con todo mi corazón. Gracias por compartir tu amor conmigo. Es un regalo verdaderamente maravilloso.

"Siempre pensé que el amor sólo estaba en las películas y las canciones hasta que te contacté. Para mi sorpresa lo que me haces sentir cada día es la inspiración de esas hermosas canciones y cálidas palabras. Te convertiste en mi razón, en mi existencia, en mis sueños y en mi futuro sólo por ser tú y te agradezco con todo mi corazón por ser la parte más importante de mi vida, por ser mi futura

esposa, porque contigo mi alma es eterna y mi amor es eterno. Soy tuyo para siempre, no sólo para esta vida sino para lo que venga después. Te quiero.

"Mi vida era un desastre antes de contactarte. Pensé que seguiría así para siempre, pero cuando llegaste a mi vida, todo dio un giro a mejor. ¡¡Me has enseñado a ser fuerte, me has mostrado el valor de la vida y sobre todo me has enseñado el verdadero significado del Amor!! Muchas gracias, Isla. Soy realmente lo que soy ahora gracias a ti. Te quiero mucho y estoy deseando envejecer contigo, **mi caramelo".**

Cuando oyó que le susurraban al oído "mi caramelo", Isla se despertó. Cogió su celular y llamó a Aach. Eran las tres y cuarto de la mañana, hora de Dallas. Él contestó. Eran las once y media de la mañana en Fráncfort.

—Isla —dijo—, ¿estás bien?

—Aach, ¿acabas de llamarme "mi caramelo"?

—Mi caramelo y todo lo demás —respondió.

—Estaba profundamente dormida, te juro que me estabas hablando y me has llamado caramelo.

—Así es, estaba pensando en ti y en silencio te llamé mi caramelo y todo lo demás..

—Pero eso es imposible. No es posible que escuche tus pensamientos.

—¡Lo hiciste, y eso me hace el hombre más feliz en la vida!

—¿Telepatía?

—Una profunda conexión espiritual. Vuelve a dormir, mi amor. Estoy a punto de entrar en el auditorio. Nunca olvides que te amo.

Capítulo 4
Nuestro cerebro, esta cosa particular

Aach tomó el vuelo de Fráncfort a Londres. Era medianoche cuando llegó al hotel, con pocas horas para dormir antes de tener que estar en el auditorio de Brunel. Cuando Aach se bañó y cogió un periódico de la mesita de noche, ya estaba leyendo las noticias del día anterior antes de quedarse dormido. Llegó a tiempo para su disertación. Antes de salir del hotel, cogió el celular y pulsó el botón de envío de un correo electrónico que le había estado escribiendo a Isla en el avión.

> *Hola, cariño. Gracias por todos los correos electrónicos y textos que me has enviado. He vuelto a leerlos todos y mi corazón está lleno de tanto amor por ti. Espero verte pronto y conocer a tu familia. Quiero que pasemos juntos lo que nos queda de vida... empecemos a planear nuestras vacaciones juntos una vez que termine mis clases.*
>
> *Has llegado a mi vida en el momento en que más te necesitaba. Hablamos de tantas cosas que empecé a darme cuenta de que mi corazón y mi alma podían sentir algo más que dolor. Pusiste consuelo donde había miedo, confianza donde había dudas, un hombro donde podían caer lágrimas y plenitud donde había vacío.*
>
> *Todo lo que te dije sobre cómo me sentía y cómo me haces sentir es cierta. Nada más me importa, excepto oír la risa en tu voz cuando eres feliz. Haces*

que mis días sean fáciles de sobrellevar y que mis noches estén en paz, deseando que llegue otro día, aunque ahora nos separe la distancia.

Quiero decirte lo mucho que significas para mí. Eres mi princesa y mi ángel. Aunque no siempre te lo diga, quiero que sepas que te quiero mucho y que no puedo permitirme el lujo de dejarte marchar porque tú también eres la razón por la que he cambiado. Te quiero mucho, Isla.

Estoy sentado en mi habitación pensando en ti y en lo mucho que te quiero, de verdad. Ahora hablamos todos los días; nos apoyamos mutuamente durante el día y rezamos juntos por la noche. Puedo sentir lo fuerte que está creciendo nuestro amor. Sé que nuestro amor es único; estamos destinados a estar juntos para siempre.

Me estás enseñando a ser una persona totalmente nueva. Haces que todo lo que está mal en mi mundo esté bien. ¡¡Tienes esta extraña manera de hacer que mi corazón sonría y mis rodillas se debiliten!! Supongo que lo que quiero que sepas es que no recuerdo haberme sentido así antes y es la mejor sensación que jamás he tenido. Espero que nuestra relación se fortalezca, porque tal y como está ahora, no me veo sin ti. Te quiero.

Tu futuro marido,
Aach

Ese día se presentaron dos psicólogos: la doctora Gayla Muslar y Aach. El auditorio estaba lleno hasta la capacidad permitida teniendo en cuenta el distanciamiento social. Había otras salas en las que se podían ver las conferencias en pantalla. La doctora Muslar presentó teorías científicas sobre la sobreestimulación del cerebro. Continuó explicando que el cerebro humano no ha cambiado desde hace miles de años.

—¡Créanlo! El mismo cerebro que se excita al ver un antílope es el mismo que se excita hoy con una notificación que aparece en Facebook. Pero no vivimos en la época de nuestros antepasados cazadores y recolectores. Vivimos en un mundo que bombardea nuestro cerebro con estímulos constantes. Una estimulación placentera que promete una gran recompensa. Ahora, ¿vemos algún problema? Sí, lo vemos. Placer y recompensa combinados; se vuelve irresistible. Igual que la "comida chatarra". Nos convertimos en adictos, nos quedamos ahí, renunciamos a otras actividades necesarias que el cerebro necesita para funcionar correctamente. Un buen ejemplo es el ejercicio, preparar una comida saludable, perfeccionar nuestras habilidades y talentos. Nos quedamos atrapados en la espera de esa recompensa.

Recibió una gran ovación cuando terminó su disertación. La gente intentaba acercarse a ella para conseguir un autógrafo o hablarle de sus propias luchas personales. En el pasado, ella se había alegrado de entablar una conversación con el público; pero ahora no con Covid rondando todas las fosas nasales de la sala. Para no defraudar a su público, les pidió que mantuvieran la distancia necesaria y que se reuniría brevemente con ellos individualmente para mantener la cola en movimiento. Si todos cooperaban, podría saludar a todos en un plazo de cuarenta y cinco minutos a una hora.

Aach hablaba de que los jóvenes universitarios tenían que reconocer y decidir qué iban a hacer con respecto a vivir bajo una sobreestimulación constante, ya que era un peligro para su salud y su futuro. Recordó a la generación que mayoritariamente culpa a los demás de todo su descontento, que buscara la palabra responsabilidad. Dependía de ellos, no del gobierno, ni de las empresas de medios sociales o de cualquier otra fuente externa, para acabar con la adicción. Las presentaciones consecutivas fueron estimulantes e inspiradoras, e invocaron un sentimiento de conexión en el público que hizo que el auditorio se sintiera totalmente comprometido con ambos ponentes profesionales. Al final del día, los dos ponentes se reunieron para felicitarse mutuamente. Decidieron continuar su debate durante un almuerzo tardío en la cercana Torre Skylon, que contaba con un comedor giratorio. Al poco tiempo estaban sentados en una mesa, charlando sobre sus experiencias como oradores.

—El tiempo está empeorando, supongo que tendremos que esperar un poco para poder conducir con seguridad —declaró la doctora Muslar mientras intentaba vislumbrar el Támesis a través de las ventanas empañadas.

—Es lo mejor, estoy de acuerdo. ¿Quieres tomar algo en el bar mientras esperamos?

—Sí, gracias —respondió ella.

Se sentaron fácilmente; el bar estaba relativamente vacío salvo un individuo sentado solo en una mesa del otro lado de la sala. Ambos miraron al hombre, y luego al otro.

—Un tipo indescriptible —comentó Aach Frager a la doctora Muslar.

—Sí —respondió ella mientras miraba de reojo la mesa—, y ya no está allí.

Frager también miró.

—Fue una salida rápida.

La oferta de cócteles era bastante restringida debido a la pandemia, pero los cócteles estaban buenos. Sorbieron en silencio, probablemente agotados por los acontecimientos del día. Se marcharon cuando la lluvia amainó. La doctora Muslar iba a coger un vuelo de vuelta a Boston esa noche. Aach insistió en que la llevaría a Heathrow, en lugar de que tomara un taxi. Tendría tiempo suficiente para dormir y no tenía otra presentación hasta el día siguiente al mediodía. Usaron el Royal Festival Hall para guiarse al garaje principal. Al salir hacia el aeropuerto, con Aach al volante, se dieron cuenta de que había nevado recientemente y que aún había partes resbaladizas en las carreteras. Aach dejó a la doctora Muslar en Heathrow y se dirigió a su hotel en el centro de Londres.

En Dallas, Isla había intentado sin éxito ponerse en contacto con Aach, así que decidió escribirle.

> *Hola, mi amor, es tan increíble que me llames tuya y que yo te llame mío. Siento tu amor y ten por seguro que te devuelvo el amor con la misma intensidad. Eres la gota de agua que hizo florecer*

esta flor. Los tiempos pueden ser buenos, o no tan buenos, no importa. Con el tiempo llegamos a comprender por qué todo ha llegado de la manera en que lo hace. ¿Cómo sabríamos quiénes somos si no hubiéramos sido probados? Te pertenezco amorosamente. Tus emociones son mis emociones; tu preocupación es mi preocupación, y como tus cargas también me pertenecen, entrego tu carga a Dios, que nos pidió que no nos preocupáramos, y permite que el viento se las lleve hasta que llegue el momento de resolverlas en Su tiempo. Su tiempo es perfecto al cien por cien en cien ocasiones. Su plan es el que tendrá éxito cuando el plan que hicimos no salga bien. El descubrimiento viene después, cuando nos damos cuenta de por qué puso el obstáculo en nuestro camino en primer lugar. Una vez que todo se haya resuelto, ambos le alabaremos por ello.

Pienso en ti y creo que tú piensas en mí. Te traigo cerca de mí cuando escucho la letra de las canciones que me envías y rezo la oración que escribiste para nosotros. Nuestro amor nos hace más fuertes. Me gusta que en las áreas en las que soy débil, tú seas fuerte. Cuando el mundo trae preocupación y frustración a tu corazón, mi corazón puede consolarte porque nunca he prestado atención al mundo. Dios gobierna el mundo; Él sabe lo que es mejor. Sólo necesito estar cerca de mi Abba y pedirle que te libere de tu carga porque te amo, y tú lo amas a Él. Dios cuida de ti.

Tú gobiernas mi corazón, en el buen sentido. Lo has encontrado, te ha devuelto la sonrisa, es todo tuyo. Ambos sabemos lo apasionados que pueden ser nuestros corazones, así que esperamos. Somos verdaderamente felices juntos en el fondo. Igual que sabíamos que el otro existía, pero no sabíamos dónde nos íbamos a encontrar. ¿Cuándo volverás? Háblame de tu regreso. Sé que ocurrirá, y que puede suceder en cualquier momento. Si puedo

> *imaginarme ser más feliz, ¡estallaré!*
> *Tu chica, Isla*

Fue una noche extraña. Aach no llamó, no envió un mensaje de texto ni un correo electrónico. Isla se quedó dormida mientras esperaba que Aach se comunicara. El celular sonó alrededor de las dos de la mañana siguiente. Ella contestó; sonaba como una llamada de conexión a través de una operadora.

—Isla, mi amor.

—Aach, ¿cómo estás? ¿Estás bien?

—No, anoche tuve un accidente. Estoy detenido y tendré que pagar una fianza para que me liberen. Te lo contaré más tarde. No tengo mucho tiempo para hablar. Sólo quería informarte del accidente. Aparte de eso, estoy bien. Todo irá bien. Te llamaré en cuanto pueda.

Isla se sentó en la cama y se frotó los ojos para asegurarse de que no estaba teniendo un mal sueño. Tenía la sensación de que estaba a punto de adentrarse en aguas profundas con Aach en busca de aclaraciones, incluso de respuestas a sus preguntas.

¿Es esto real? ¿Es esto amor? ¿Durará esto? Eran preguntas que sólo ella y Aach podían responder; y para ello necesitaba que él estuviera presente. Todo se reducía a ellos. Desde su perspectiva, ambos veían alegría en la unión y dolor en la despedida. ¿Cuál de las dos opciones tendría más peso? ¿Qué decidiría él, qué decidiría ella?

Ella encontró y anticipó una alegría increíble; la bondad, la verdad, la amistad, la pasión, y el lugar del nuevo amante en el descubrimiento del otro. Pensó que ambos tendrían marcados todos esos elementos. Tenían lo que había que tener. ¿Serían capaces de transformar esta pasión en el fuego que arde lentamente y que podría llevarlos a través de sus años de ancianos? ¿Hasta qué punto era bendito su amor; hasta qué punto era estrecho su vínculo? Se le pasó por la cabeza que estaban a punto de enfrentarse a su primera crisis juntos. Se hizo la pregunta más importante: «¿Qué vamos a hacer ahora, amor mío?»

«A decir verdad», pensó «si no me hubiera contactado

con Aach, ¿podría decir que he conocido el verdadero amor? Decirle a una persona que es el amor de su vida es algo que se dice después de haber compartido una vida, juntos; no cuando se está considerando una vida juntos. Tal vez sea demasiado analítica, pero en este momento, sólo puedo esperar que Aach sea el amor de mi vida. Algo me preocupa en lo más profundo de mi ser. Estoy inquieta, no puedo dormir bien. Y no es que no sienta el tipo de inquietud que provoca la anticipación; lo que está superando la sensación de hormigueo de la anticipación es una sensación subyacente, latente, visceral, de miedo al abandono. El dolor de estar sin Aach supera la alegría de estar con él; es una alerta de peligro; del tipo que se ve en la ladera de la montaña cuando se conduce un coche de lujo por una carretera sinuosa a 125 kilómetros por hora permitiendo que la vista distraiga tus sentidos en lugar de mantener la vista en la carretera. Ese *miedo* es el que me lleva a la introspección. No tenía miedo a la soledad antes de que Aach entrara en la pantalla de mi computadora en enero. ¿Por qué temo perderlo por casi cualquier motivo? ¿Por qué leo entre líneas en todo lo que escribe? Si miro el amor desde la perspectiva de la ganancia frente a la pérdida, puedo apreciar que el miedo a la pérdida puede mover a una persona a la acción más que la expectativa de ganancia moverá a la misma persona a la acción. Es la naturaleza humana. Tenemos ese miedo tan arraigado; necesitamos protegernos de la pérdida, aunque ésta nunca se produzca. Sé que esto es un hecho y he trabajado en torno a ello. ¿Cómo es que no reconocí este miedo en mí misma con Frank? ¿Fue porque era muy joven y no lo sabía? Si hubiera sido así, si hubiera despertado de mi aturdimiento nos habría salido el tiro por la culata. Frank y yo no estábamos mal casados, estábamos casados con nuestras responsabilidades, no entre nosotros. Recitábamos nuestros votos a la institución del matrimonio, no al otro. Nos miramos a los ojos. ¿Por qué tengo esta sensación molesta en mis entrañas? ¿Sera que con el paso de los anos soy más sabia; he adquirido cierta previsión? ¿Cómo es que estoy tumbada en el sofá haciéndome todas estas preguntas?»

Se levantó de la cama y se preparó una taza de té. Como solía hacer, se tumbó y levantó las piernas para colocarlas en el respaldo del sofá. Era el momento de estar quieta. Aach estaba detenido, en Londres, debido a un accidente. Ella había sentido su dolor como un dardo en el corazón, cuando se lo dijo; también le dijo que no se preocupara. Volvería a llamar para explicarle cómo se había producido todo. Como solía hacer cuando entraba en quietud, volvió a su crianza en busca de los recuerdos que esculpían su alma. Estos recuerdos contenían la verdad de quién era; las partes de ella que nunca cambiarían. Isla había aprendido que estas lecciones estaban grabadas en su cerebro. Podía recuperarlas en cualquier momento y lugar, siempre que pudiera renunciar a cualquier conexión con el presente. En su quietud había aprendido a separar la luz de la oscuridad, a comprender la física y las matemáticas, la ciencia, la historia, los idiomas, y había adquirido conocimientos avanzados sobre cómo desenvolverse.

De su madre aprendió a cocinar y a bailar. De su padre aprendió que no debía preguntarse ni preocuparse por cuándo llegaría un hombre. Había invertido primero en sí misma, como le había aconsejado su padre. "Sé lo mejor que puedas ser, en lo que mejor sepas hacer". Todas sus enseñanzas eran verdades sencillas. También sabía, porque se lo dijeron con amor, que "El camino a través del tiempo estaba lleno de trampas". Lo mejor para ella era aprender de los ejemplos que daban los demás; especialmente cuando se trataba de lo que no había que hacer. Este axioma acortó claramente la lista de cosas que tenía que hacer. Todo lo que tenía que hacer cuando se trataba de hombres era comprender el verdadero amor; o la verdad del amor, para que cuando llegara en forma de hombre, el paso por el tiempo fuera completo.

Aquí también había un axioma claramente establecido, si ella reconocía claramente lo que es el amor, podría reconocer lo que no es el amor. Y conociendo la diferencia sería capaz de amar a esta persona con el abandono que fluye del corazón cuando se está libre de miedo. Es la voluntad de Dios que la mujer se entregue a su marido. Ella lo creía en su interior. Ella amaría a este hombre por lo que era, tal y como era. Lo amaría por sus aciertos y lo amaría por sus errores. Lo amaría tal y como Dios lo había esculpido. Estaría a su lado. Finalmente se quedó dormida.

Aach llamó a eso de las once, hora de Dallas. Isla se quedó en casa para poder hablar con él libremente. Sintió que Aach intentaba aparentar que todo estaba bien. Su voz era firme, su tono no mostraba ansiedad y, como siempre, pensaba en ella primero.

—Amor mío, ¿cómo va todo?

—Siento como si el tiempo se hubiera detenido. ¿Cómo avanzan los acontecimientos contigo?

—Lo siento mucho; no tengo buenas noticias. Sigo detenido debido a mi responsabilidad en el accidente. Hay personas heridas. Puedo llamarte porque la policía me ha permitido tener mi celular para hacerlo.

—¿Estás bien, es decir, espero que no te hayas hecho daño? —Isla preguntó.

—No, no estoy herido. Gracias a Dios. Pero el problema es que algunas de las personas viajando en el autobús que me choco, han sufrido heridas. Por suerte, nadie está en estado crítico. Podría haber evitado este lío. Como siempre, hay un error que provoca el efecto dominó de todos los demás errores.

Conducía un auto alquilado. Estaba lloviendo, cuando vi que un autobús se dirigía hacia mí, me di cuenta de que estaba conduciendo por el carril de los autobuses e intenté esquivarlo. Preveía la colisión, pero no que este lío se complicaría tanto.

—¿Estás detenido por el número de heridos en el accidente?

—Estoy detenido por varios motivos. La conferencia de ayer fue muy bien. Había una colega, la doctora Muslar, de Boston, que también presentaba. Tuvo que coger un vuelo de vuelta a Boston. La llevé al aeropuerto. Tuve el accidente en el camino de vuelta, ella no es testigo de ello. —Hizo una pausa—. El problema es que ella y yo bebimos en el bar del restaurante en el que estábamos comiendo antes de irnos al aeropuerto. Tuve que hacer una prueba de alcoholemia, que no me importó, y un análisis de sangre, que tampoco me importó. Con la pandemia, todos los servicios se retrasan y por eso me retuvieron toda la noche. Ese fue el día en que te llamé. Bien, debido al Covid, algunas ciudades de Gran Bretaña bajaron la tolerancia al alcohol de 0,8 a 0,5. Mis resultados estaban por debajo de 0,8, pero no por debajo del nivel 0,5, por lo que sigo detenido bajo cargos de conducción bajo los efectos del alcohol.

Debido a los cargos, la compañía de alquiler, los costos del accidente, las personas heridas, todo ello se reduce a un cargo totalmente diferente. Según la tasa de alcohol 0,5, conducía ebrio, y hay varios heridos debido a mi error de juicio.

—Aach... —Eso fue todo lo que pudo decir. Su mente le devolvió las vívidas imágenes de las señales de alerta en el arcén de la autopista, como si fuera ella quien condujera el auto a 125 kilómetros por hora. No podía pisar los frenos en ese momento. Lo único que tenía que hacer era levantar el pie del acelerador y guiar el vehículo hasta el área de descanso más cercano y llamar a Dios.

—Tenía una conferencia pendiente en la universidad; llamé para aplazarla, pero con la actualización de los cargos, no sé qué pasará.

—Creo que necesitarás un abogado... —dijo en voz baja.

—Eso es seguro. Estoy muy preocupado, pero es demasiado tarde para preocuparse por las repercusiones. Me pagaron todas las conferencias, excepto la que no di. Creo que hay más cosas por venir; no creo que esto sea el final.

Isla captó una creciente sensación de alarma en su voz.

—¿Tienes algún contacto que pueda recomendarte un abogado? —preguntó para interponer algo de sentido común en la conversación.

—Tengo contactos del pasado. Me pondré en contacto con ellos y veremos qué puedo hacer. Que Dios me ayude a aclarar todo esto. No sé cómo funciona el sistema en Inglaterra. Mientras tanto, mi amor, ya sabes dónde duermo —dijo sarcásticamente, para aliviar la tensión.

—¿No puedes conseguir una fianza?

—Necesitaré un abogado para eso. Te mantendré informado. —Colgó.

Isla coloco el celular suavemente sobre la mesa auxiliar. Su primera crisis. Un accidente, personas heridas, pero no de gravedad, una conducción bajo los efectos del alcohol, una mujer implicada que no era testigo. Se sentía desvalida. ¿Cómo podía resolverse esta situación? Aach estaba detenido, solo y estresado, en un país extranjero. Se trataba de abordar las numerosas piezas pequeñas que parecían haberse convertido en una montaña ante sus ojos. Quizá la forma más eficaz de contratar a un abogado era a través de la universidad. Envió un mensaje de texto a Aach; tardó en recibir una respuesta, pero dijo que sí. El nombre de la persona que dirigía el Ciclo de Conferencias Públicas de la Universidad de Brunel era una mujer llamada Joan Anderson, la doctora Joan Anderson. Consiguió el número de celular y el correo electrónico y le prometió a Aach que se pondría en contacto con ella para pedirle ayuda; la ayuda que esperaba era información. Nada más. Unas horas más tarde, Aach le escribió otro mensaje.

¿Tienes noticias de la doctora Anderson?
Isla: *No, todavía no.*
Aach: *Estoy deprimido; no veo una salida, estoy triste.*
Isla: *Por favor, no estés triste. Le he enviado un correo electrónico de seguimiento esta mañana temprano. Te lo he copiado. También te escribí un correo electrónico para recordarte que Dios tiene el control de todo, y que cuidará de nosotros. De todos nosotros. Descansa tu mente en Él. Aceptaremos Su voluntad. Sé que tenías grandes expectativas sobre los resultados de esta gira de conferencias. Has trabajado en ella con humildad y diligencia. Las conferencias han ido muy bien; las circunstancias del accidente podrían haber sido peores, piensa en lo positivo. Los pasajeros del autobús no están heridos de gravedad. Aunque la colega con la que tomaste unas copas no es testigo del accidente, sí lo*

es de que no bebiste en exceso. Estoy segura de que habrá una solución, estás retenido por las circunstancias que rodean un accidente sin víctimas fatales. Un buen abogado debería poder ayudarte, y podrás pagar la fianza. Permíteme hacer todo lo posible para contactar a personas que puedan ayudarte a superar esta situación. Tal y como lo veo desde la distancia, sólo puedes hacer todo lo que puedes hacer. Los resultados son los resultados y no tenemos control sobre ellos. Los resultados no te definen, Aach.

Aach: *Lo entiendo, cariño, pero es urgente para mí. ¿En qué puedes ayudarme? Tengo los cheques que me pagaron por mis conferencias.*

Isla: *¿Cheques?*

Isla tecleó tan rápido como pudo. Te pagaron con cheques que no puedes cobrar, ni depositar. Hmm, creía que pagar con cheques era obsoleto.

Aach: *Las grandes instituciones, como las universidades, siguen emitiendo cheques... la mayoría de las transacciones son electrónicas hoy en día.*

Isla: *Oh, bueno, cuando llame a la doctora Anderson, lo comprobaré y veré si se puede hacer algo al respecto. La universidad puede anular el cheque y transferir los fondos a tu cuenta, en Estados Unidos. ¿Cuánto cobras por una conferencia?*

Aach: *Por favor, ten en cuenta que soy un profesor convertido en conferencista, aún estoy creando una imagen comercial, por ahora, mi tarifa es de cinco mil dólares por conferencia. He completado cuatro conferencias y la quinta está pendiente. Obviamente, no me pagarán por esa. Pero pronto estaré cerca de cobrar diez mil dólares por conferencia.*

Isla: *Entonces, si las universidades aceptan*

anular los cheques y transferir los fondos, tendrás veinte mil dólares en total, menos la transferencia y cualquier otro gasto bancario. Supongo que ya has cubierto los gastos de viaje y hotel. ¿Cuánto calculas que será la fianza más alta?

Aach: Mi mejor estimación es de unos cien mil, digamos ciento diez mil dólares, más o menos. La factura de mi hotel en Londres sigue corriendo, ya que no he registrado mi salida. ¿Tienes una cantidad de dinero con la que puedas ayudarme?

Isla: Aach, te quiero y puedo ayudar con apoyo moral. Puedo contactar gente y poner en marcha las cosas para tu defensa en este caso. Creo que un buen abogado sería útil para que se aclare todo y se limpie tu nombre. Personalmente no tengo una gran cantidad de dinero. Tenemos dinero de la familia. Si tuviera que usar el dinero del negocio, tendría que informarle a mi exmarido y a mis hijos de la cantidad y tendría que indicar claramente el propósito del retiro.

Aach: Entiendo. No eres tan económicamente independiente como parece. Por favor, no le cuentes a tu exmarido mis problemas de dinero. No tiene por qué saber nada de mis asuntos, por favor. Entonces intentaré resolver esto a mi manera.

Isla: Puedo intentar conseguir un préstamo personal, pero incluso en ese caso, tendría que poner los fondos de la empresa como garantía, lo que me lleva a revelar completamente mis intenciones a mi ex marido y a mis hijos. Siento no poder ayudar. Así es como lo hemos diseñado juntos. Estamos construyendo un legado y tenemos que protegerlo, y proteger a cada uno de nosotros, de nosotros mismos. Por cierto, acabo de revisar mi correo electrónico y la doctora Anderson aún no ha respondido.

Aach: Lo entiendo. Es que me deprimo más a medida que pasan los días y no veo una solución viable. Cariño, no puedo ni dormir. ¿Puedo *llamarte más tarde?*

Isla: *Sí.*

Aach: *He llamado, pero no respondes. Lo intentaré de nuevo. Entiendo que no quieras ayudarme. Lamento profundamente haberte involucrado. Te quiero, Isla.*

Isla: *Sé que te quiero. Espero que me quieras; todos tenemos cargas y todos tenemos límites. No puedo seguir hablando de tu situación porque no sé cómo ayudarte. Necesito tiempo a solas. Yo sí sé y tú sabes a quién acudir en los momentos de prueba y tribulación. Eso es lo que voy a hacer.*

Aach: *De acuerdo. Hablaremos mañana.*

Isla estaba en casa esperando la llamada de Aach. Miró el celular y vio que Aach ya había llamado. «Lo he echado de menos», se dijo y le contestó inmediatamente con un mensaje de texto.

Isla: *¿Estás disponible? Rezo para que estés bien. Estoy en constante oración para que Dios intervenga en la resolución que necesitas para cerrar el asunto. Rezo para que puedas volver a casa conmigo. No olvides que con Dios todo es posible. No estaba preparada para que me necesitaras para asuntos financieros. Siento no poder ayudarte.*

Aach: *Lo comprendo. Gracias por tus oraciones. Por favor, no olvides nunca que te quiero.*

El celular sonó inmediatamente, distrayendo a Isla de sus pensamientos. Contestó, era Issa.

—¡Mamá, mamá, tengo mucho miedo!

—¿Por qué, cariño?

—No me encontraba muy bien, así que pedí cita con Gina. He dado positivo al Covid.

—¿Dónde estás ahora, en casa? ¿Dónde está tu hermano?

—Estoy en casa, Frank también fue a ver a Gina porque me dijo que había dado positivo y tiene fiebre. Estamos los dos en casa. No puedo ocuparme de él. Mamá, ¿puedes ayudar?

—Sí, cariño, me ocuparé de los dos. ¿Dónde está tu papá, lo sabes?

—Está en un vuelo hacia Brasil.

—Eso complica un poco las cosas, pero tú y Frank cuídense. Con eso quiero decir que tomen la medicina que les ha recetado Gina puntualmente; coman, aunque no les apetezca. Sigan todas sus instrucciones. Ella es la experta aquí. Yo sólo soy tu madre.

—Está bien, mamá, no me moriré como toda esa gente de la que oímos hablar en las noticias, ¿verdad?

—No, no morirás. Por favor, no pienses negativamente. Ya eres mayor y sana, Issa. Será una prueba de nuestra fuerza para mantenernos centrados en el hecho de que vencerás al virus. Lucha, querida, lucha con todo lo que tienes. Reza, el Señor está contigo. Tu papá y yo haremos todo lo posible para que superes la primera gran crisis de tu vida.

—Mamá —respondió Issa con dulzura—, sobreviviremos, estoy segura de que Frank y yo saldremos adelante con la ayuda de Dios. Ya sobrevivimos nuestra primera crisis juntos. Fue tu divorcio de papá.

Isla sintió un puñal en el corazón. Issa tenía razón.

Su siguiente llamada fue a Gina para que le remitiera a una enfermera que se encargara del cuidado privado de sus hijos, en casa. Consiguió la referencia y planificó la contratación de una enfermera, que ya había superado el Covid, y que había dejado el trabajo en el hospital para cuidar a pacientes privados. Aunque la enfermera y el gobierno consideraban que tenía "inmunidad natural", el riesgo seguía existiendo. Ese riesgo tenía que negociarse en su tarifa por hora. Isla aceptó. La enfermera estaría en el apartamento de sus hijos a las dos en punto. Isla se encargó de pedir todo lo que figuraba en la lista que le había dado la enfermera y lo hizo llegar al apartamento. Llamaría a la enfermera más tarde.

Una vez que resolvió todos los detalles, Isla llamó a su exmarido. Los vuelos de Dallas a Sao Paulo son directos; calculó que Frank tardaría entre nueve y diez horas en ver su mensaje o escuchar su buzón de voz:

Frank, habla Isla. Espero que llegues bien a Sao Paulo. Para cuando recibas este mensaje espero tener controlada la situación que tenemos en marcha. Frank e Issa han dado positivo al Covid. Están en tratamiento médico con Gina, en el apartamento. Frank se encuentra peor que Issa. Su fiebre es más alta. Intentaré mantenerlo fuera del hospital todo lo que pueda, pero tendré que confiar en el criterio de la enfermera que está a su lado para que haga la llamada si es necesario. —Hizo una pausa en un esfuerzo por mantener la compostura. Unos días antes, gracias a Dios, le había negado a Aach el dinero que necesitaba porque tendría que pedir la aprobación de su exmarido. Ahora, la vida de sus hijos estaba en juego. Se comunicaría, pero no pediría autorización. Respiró hondo y procedió—. *Retiraré cien mil dólares de nuestra cuenta comercial para tenerlos a mano en caso de necesidad. Ambos nos conocemos bien para estar de acuerdo en que no vamos a pellizcar cuando se trata de la salud y el bienestar de nuestros hijos. Llámame; o hazme saber que has recibido este mensaje.*

A partir de ahí, todo parecía una pesadilla; era como si la sociedad moderna hubiera conspirado para crear la tormenta perfecta: un juego de espera entre la vida y la muerte. Se quedó en la oficina, donde podía mantenerse ocupada.

«El tiempo es relativo, pensó. Depende del marco en el que lo sitúes. Observas a dos músicos tocando el violín. Para ellos el tiempo puede ser relativo, pero para el observador se mueven al unísono según el reloj de la pared». Isla sentía la relatividad del tiempo bajo tensión. Su personal experimentaba la relatividad del tiempo bajo la presión de los plazos. Frank estaba experimentando la relatividad del tiempo cuando su avión aterrizó en Sao Paulo, leyó el mensaje de Isla, escuchó su buzón de voz y se dio cuenta de que estaba en el lugar equivocado, en el momento equivocado. Llamó a Isla.

—¿Qué sabes?

—Todavía nada. Los dos están luchando, dice la enfermera. Los dos tienen fiebre alta; dificultad para respirar. Sabremos más mañana, o al día siguiente, o al otro, realmente no sabemos cuándo, pero mientras tanto, rezo por la misericordia de Dios. —Rompió a llorar.

—Shhhh, —trató de calmar a Isla de la misma manera que solía calmar a Frank e Issa cuando eran bebés—. Shhhh, cariño. Nuestros hijos estarán bien, serás testigo de su voluntad de luchar y sobrevivir; son luchadores, como su madre. Te llevan en su corazón, en su alma, en su mente. Recordarán todo lo que les has dicho sobre cómo afrontar los momentos difíciles con valor y fe.

Ahora, mira dentro de ti y encuéntralo a Él. Permite que el Dios en el que crees te lleve en sus brazos a través de esto. Nadie más lo hará, nadie más puede hacerlo, sino Él. Sólo tienes que extender la mano. Mientras tanto, me doy la vuelta, cojo el primer vuelo de vuelta en cuanto recoja mi equipaje. Me dirijo a casa para estar contigo.

Frank sintió la ansiedad provocada por la distancia física entre el lugar donde se encontraba y el lugar donde sus hijos yacían en la cama luchando por sus vidas. Sintió la ansiedad de la separación física de Isla. Esperaba haber sido capaz de transmitirle que, pase lo que pase, ahora mismo eran una familia, su familia, y que eran los únicos seres que llevaba en su corazón, y eso la incluía a ella. Se frotó las manos con impaciencia mientras esperaba en la terminal cuando se dio cuenta de que no había cancelado sus citas para el día siguiente. Frank hizo las llamadas necesarias. Hecho esto, se sintió reconfortado al saber que estaba haciendo lo necesario como padre y como el hombre en el que Isla confiaba para mantener a su familia a salvo. Durmió durante las dos horas siguientes en la terminal, esperando a tomar su vuelo de vuelta a Dallas.

El paro cardíaco era uno de los peores escenarios posibles para Frank Jr. Parecía tener un corazón fuerte, pero, como la mayoría de los jóvenes, él también se creía sobrehumano y no se hacía revisiones periódicas. Ahora se trataba de saber si su corazón estaba sano y era lo bastante fuerte como para resistir el incesante dominio del virus sobre sus órganos. Lo único que ella podía hacer era pagar por el cuidado de sus hijos.

Isla enviaba mensajes de texto a Amber, la enfermera que cuidaba de sus hijos, cada cuatro horas en punto. Amber era una mujer de mediana edad con una expresión amable en el rostro. Ya había tenido ocasión de ver las distintas fases del virus y lo diferente que se presentaba en cada receptor. Los síntomas se habían intensificado y se mantenían cuando Frank llegó a Dallas y se dirigió a la oficina donde lo esperaba Isla.

Amber no tenía mucho que decirle a Frank e Isla, salvo que les proporcionó los medicamentos que el médico les había recetado; se aseguró de que Frank e Issa bebieran mucho líquido y descansaran. Se encargó de ponerse en contacto con la doctora Purcell para que les orientara cada vez que el dolor o la presión sobre ellos fueran abrumadores. Ayudó a Frank y a Issa a meterse en una bañera llena de agua fría. La mayor capacidad de calor específico del agua que el aire u otras materias que rodean el cuerpo es lo que ayuda a que el agua fría reduzca la fiebre. El agua tarda mucho en cambiar de temperatura. Se comprueba cuando uno entra en la ducha y gira el grifo de caliente a frío o viceversa. Amber sabía exactamente qué hacer. Se sentía segura de que entregaría a Frank e Issa Meadows a su madre tras su enfrentamiento con la muerte.

Isla se sintió reconfortada. Se sintió protegida, cuidada, sintió que pertenecía. Había olvidado que Frank podía ser ese hombre. El hombre al que una vez había amado, como una niña ama una cancion de cuna.

Recibió un mensaje de texto en su celular. Era su banco, que le notificaba que habían transferido cien mil dólares de la cuenta de la empresa a su cuenta personal. Estaba agradecida a Dios, nadie puede comprar nada que realmente importe. No podía ayudar a sus hijos en el sufrimiento. Entraban y salían de su estado consciente, debido a la fiebre, y en su lucha por respirar a través del dolor para conseguir suficiente oxígeno en su sistema para vivir unos minutos más. Quería abrazar a sus hijos mientras pasaban por el dolor de la curación de sus cuerpos. No podía hacerlo por ellos.

Una semana después, seguía sin haber buenas noticias sobre la condición de sus hijos. Amber pidió tener fe. El virus se había apoderado de los cuerpos de sus hijos; pero estaban luchando con todo lo que tenían. Les describió y explicó el tratamiento completo y que mantenía a la doctora Purcell informada cada hora. Frank llamó a la doctora Purcell, que les aseguró que Frank e Issa estaban en las mejores manos. Amber se aseguró de que se tomaran las recetas a tiempo, les controló la fiebre, les hizo la cama para que tuvieran sábanas y almohadas limpias todos los días, les cocinó y les dio de comer para mantener su ánimo dispuesto a luchar. Los mantenía limpios y cómodos. Amber les ayudaba a librar una buena batalla y a no rendirse. Ambas agradecieron las palabras tranquilizadoras de la doctora Purcell, que recibieron cogidos de la mano. Isla rezó:

—Señor, gracias por las bendiciones que derramas sobre nosotros día tras día. Todas las cosas que al despertarnos damos por sentadas. Nuestra salud, la salud de nuestros hijos, una familia que nos quiere, el hecho de que todos estemos trabajando en la realización de nuestros sueños. Señor, aquí estoy, humillada ante Ti por la aterradora constatación de que Frank y yo no podemos hacer más por nuestros hijos. Lo único que pedimos es que continúen sus vidas, y las de todos los que, como ellos, están luchando lo que considero la batalla más larga contra un virus. Me siento culpable por el mero hecho de pedirlo, ya que soy plenamente consciente de las muchas vidas que no se han librado de esta cruel enfermedad, y no me había puesto a rezar hasta que mis hijos se vieron afectados. Por favor, perdona mi egoísmo, mi falta de empatía hacia otros que sufren. En el nombre de Jesús, Te pido por su salud. Amén.

Isla esperaba con impaciencia noticias sobre la salud de sus hijos. Por fin sonó su celular. Era Issa.

—Hola, mamá.

—Issa, cariño mío. Oh, gracias, Señor.

—Frank y yo lo logramos, mamá... Sólo necesitamos descansar. Aquí está Frank.

—Hola, mamá... —dijo lentamente.

—Suenas cansado, hijo mío.

—Lo estoy. Todavía tengo problemas para respirar, pero Amber dice que me pondré bien. No puedo hablar demasiado. Sólo queríamos que supieras que sobreviviremos. Y mamá, necesitamos comida. Comida de verdad, la que tú cocinas. Amber es una gran enfermera, pero no está a la altura en la cocina. Tal vez pudiera comer otra cosa, pero ella insistió en que comiéramos lo necesario para mejorar. Ahora que estamos mejor, queremos comida de verdad.

—Me pondré a cocinar. Consultaré con Amber sobre cualquier restricción dietética para cocinar la comida adecuada.

Isla se fue a casa con la intención de preparar la comida para sus hijos; pero antes necesitaba echarse una siesta. Sintió el alivio de saber que sus hijos pronto entrarían por la puerta tan alegres como siempre y sanos. Le dolían los huesos como si hubiera estado en una batalla medieval con toda la armadura pesada del siglo XV y el peso de siete ametralladoras del siglo XXI en los brazos. Se bañó y se metió en la cama. Pronto se quedó dormida. Durmió diez horas seguidas.

Capítulo 5
La pieza que falta

Rayos de luz solar atravesaban las persianas de su recámara como si fueran rayos de esperanza. Le pareció que había dormido una eternidad y que acababa de despertarse de un sueño. Isla se concentró en el rayo de luz que incidía en el suelo, tratando de recuperar sus recuerdos del día anterior. Todo parecía igual, pero sabía que algo iba mal. Estaba sola, la temperatura estaba agradable, por lo que rara vez manipulaba el termostato. La casa estaba tranquila, generalmente dormía toda la noche con música de fondo programada para que se despertara lentamente con las "Cuatro Estaciones" de Vivaldi de fondo. Esta mañana no había música de fondo. Se despertó sin la sensación de un ayer.

Isla se quedó sentada en la cama en silencio, luego cuidadosamente colocó los pies en las pantuflas y se dirigió al baño. Se lavó los dientes y el cabello, se quitó el camisón y se metió en la ducha. El agua estaba tibia, se adentró en el chorro de agua que parecía de lluvia y giró lentamente el grifo hacia la derecha para terminar de ducharse con agua fría. Se le apretó el pecho cuando sintió el agua fría cayendo sobre ella. Tosió. Se dio cuenta de repente. Frank e Issa habían dado positivo en la prueba de Covid. Salió de la ducha lo más rápido posible y buscó su celular en la mesita de noche; no estaba allí. Lo encontró bajo la almohada. Marcó.

—Hola, mamá. —Era la voz más dulce que había escuchado en su vida. Cerró los ojos y susurró.

—Issa, ¿cómo te encuentras?

—Bien, mamá.

—¿Cómo está Frank?

—Tose mucho, pero está mejor. ¿Cómo estás tú, mamá?

—Me siento extraña, como si estuviera de luto... algo va mal, pero no sé por qué. ¿Está bien tu papá?

—Lo está —respondió Issa en voz baja—. Intenta descansar, mamá, Frank y yo estaremos bien; necesitamos fortalecernos antes de enfrentarnos al mundo. Y tú necesitas descansar antes de enfrentarte a tu mundo.

—Yo también lo creo. Issa, es sábado, ¿verdad?

—Sí, mamá. Todo el día —respondió Issa con una risita. Se despidieron.

Isla decidió concertar una cita en el spa. Marcó y se decepcionó al saber que aún no estaban abiertos para sesiones que requirieran un contacto cercano; pero si deseaba proceder, Tanisha hacía citas a domicilio. Procedió a concertar la cita y, debido a la escasa demanda de sesiones de contacto, Tanisha estaría en su casa a las cinco de la tarde de ese mismo día. El cansancio que sentía no había disminuido; se dirigió a la cocina para servirse una taza de café y volvió a su cuarto con ella. Pensó en Aach.

—Aach —le llamó por su nombre en voz baja—. ¿Cuándo fue la última vez...? He perdido la noción del tiempo. Oh, Dios. —Buscó su celular y buscó su nombre. Abrió los mensajes de texto. "Te quiero, Isla. Te quiero, Isla. Nunca olvides que te quiero". Entonces, toda la conversación sobre Aach pidiéndole que le ayudara con el equivalente a cincuenta y cinco mil dólares la golpeó. Se sintió enferma del estómago. Hacía veinticinco días que no se ponía en contacto con ella cuando le dijo que estaba detenido debido a un accidente en el que se había visto envuelto en el centro de Londres. Había habido heridos. Ni Aach ni la doctora Anderson habían intentado llamarla durante ese tiempo. Isla dio un sorbo a su café, reflexionando lentamente sobre si debía esperar a que Aach se pusiera en contacto con ella o dirigirse primero a él y explicarle por qué ella tampoco se había comunicado. «Todo ha sucedido muy rápido», pensó.

El día transcurrió lentamente. Miró las canciones que

Aach le había enviado desde que se reunieron, y buscó la lista de reproducción en YouTube. Reprodujo los recuerdos de sus conversaciones e incluso interpretó cómo le contaría su ausencia. Había dejado de comunicarse con él cuando supo que sus hijos tenían Covid. Se sentía culpable. Aach, que siempre había sido tan considerado y atento con ella, cómo se tomaría que ella se olvidara totalmente bajo el abrumador estrés de la posible pérdida de sus dos hijos. No había tenido presencia de ánimo durante esos días. Tenía que llamar a Aach, decirle lo mucho que lo sentía. Estaba de luto por una pérdida, aunque Aach estaba vivo. Y no había ninguna otra persona con la que pudiera hablar. Habían acordado mantener la relación en línea sólo entre ellos hasta que sintieran que estaba en una buena base. «Le llamaré en cuanto Tanisha se vaya».

Aquella tarde Tanisha llegó puntual, con una mascarilla, el equipo portátil, y los productos para hacer su tratamiento facial. Se tumbó en la cama mientras Tanisha preparaba la cera para las cejas, le cubría los ojos y le sonreía.

—Me alegro mucho de que hayas decidido cumplir el horario de tu autocuidado, Isla. Si lo deseas, puedo lavarte y secarte el cabello, para que estés cien por cien lista para enfrentarte al mundo.

—¿Cómo has estado, Tanisha? —preguntó antes de que le colocaran la máscara en la cara.

—Estoy mucho mejor. La pandemia afectó mucho a mi familia. Perdí a mi abuelo en febrero. Algunos de mis amigos también perdieron a sus mayores. No estábamos preparados para esto. Mi hermana Latisha se tomó el fallecimiento de nuestro abuelo de forma aún más dura. Ella ha sido delegada varias veces en Irán y Afganistán durante los últimos diez años. Fue militar de carrera hasta hace poco. Se jubiló. Lo primero en su lista de cosas por hacer era venir a visitar al abuelo. Llegó a tiempo, pero debido a la pandemia, no pudo verlo. Estamos enterrando a nuestros seres queridos sin siquiera saber con seguridad que han muerto, porque sólo nos dan un ataúd y eso si pueden identificar el cuerpo.

El duelo se precipita por lo infeccioso que es el virus. Que Dios nos ayude. Y para colmo, ella había conocido a este maravilloso hombre por Internet. Se reunieron en enero, y ella estaba muy contenta. Compaginaron muy bien; decidieron tomárselo con calma, ya sabes, pero, sin embargo, pronto estuvieron chateando a diario. Mi hermana es muy inteligente. Se retiró del ejército con una buena cantidad de dinero tras toda una vida de servicio. Entró en el ejército justo después del colegio. Con la vista puesta en los muchos años que le quedan por delante como civil, montó un negocio online para atender al personal militar. La admiro.

Bueno, volviendo a su historia. A ella le gustaba mucho esta persona, que dice que es ingeniero, y que trabaja para el Sheraton, como director. Esta persona viaja y conoce el mundo. Para llegar a ser director, niña, tuvo que demostrar su ingenio. Yo misma tengo que ser ingeniosa sólo para salir de mi casa. ¿Ves lo que quiero decir? —preguntó Tanisha—. A cualquiera le puede pasar cualquier cosa de camino al trabajo y, a menos que sea una emergencia, no sólo un retraso, ¡uno tiene que llegar al trabajo!

—Eres muy inteligente y tienes una gran ética de trabajo, Tanisha, eso es de admirar —intervino Isla.

—Ahora bien, la persona de esta historia no soy yo, sino mi hermana. Mi hermana nunca se ha casado; puede que no se haya enamorado antes, por lo que sé. Así que aquí está esperando reunirse con él, con los ojos bien abiertos y la cola tupida. No me malinterpretes. Es inteligente. Realmente inteligente; trabajaba en cuestiones de tecnología en un barco. Comunicaciones. Es inteligente para eso. No es inteligente para los hombres. Así que ella y el amor de su vida, como ella lo llama, van a reunirse. Pero de alguna manera, él tiene una emergencia, no entiendo el cómo, el cuándo y el porqué de la emergencia, así que no voy a entrar en eso. El problema es que le pide dinero a mi hermana, ¡y ella está dispuesta a dárselo! No es mucho dinero para ella; pero para mí sí lo es, trabajo a comisión, y para que yo gane cincuenta mil dólares, tengo que hacer ochocientos seis tratamientos faciales, más o menos. Enseguida vi la estafa.

Ella no. Para mi hermana, sólo soy un obstáculo en su felicidad...

—¿Pudiste convencerla?

—No de inmediato. Tuve que ponerme en su lugar. Está enamorada; todos sabemos que el amor es ciego. "Si vas a enviarle dinero, al menos pon algunas condiciones", le dije. "Dile que te reunirás con él dondequiera que esté. Le llevarás el dinero en efectivo. Si es director del Sheraton, puede pasar la noche en una habitación del hotel más cercano. No dejes que te meta prisa para que le envíes el dinero por cable. Iré contigo a entregar el dinero, o el cheque si quieres dejar un rastro de dinero".

Entonces se me iluminó el cerebro y le dije que, antes de ir allí, necesitábamos saber la dirección del hotel donde nos reuniríamos con él. Si es un estafador, no querrá eso. Será amable, pero saldrá con una excusa para que no tengas que conducir hasta allí.

—¿Cómo sabes eso? —preguntó Isla con incredulidad.

—¿Has visto alguna vez el programa *Catfish*?

—No, no veo la televisión —respondió Isla con cansancio.

—Las estafas románticas son noticia estos días, Isla.

—Clasifico las noticias que me llegan, y los estafadores, los timadores, ese tipo de gente no aparece en ellas, y lo más importante, no miro los romances por Internet —mintió.

—Sucedió como he dicho. Mi hermana le llamó y él le informó dulcemente de que no quería que condujera durante la noche, aunque yo estuviera con ella. La buena noticia es que ahora ella estaba al tanto. No dudó en ofrecerse a transferir los fondos, le pidió la ruta y la cuenta bancaria. Le dijo que enviaría el dinero a primera hora de la mañana siguiente. Le dio un número de ruta válido y una cuenta bancaria en Estados Unidos. Anoté el número de cuenta, aunque no íbamos a enviar ningún dinero. Íbamos a esperar a que la presionara más. Quería demostrarle a mi hermana que tenía razón. Y la tenía. La prueba definitiva era que ella le llamara después de haberle dicho que no habría dinero.

El número estaba desconectado, y el correo electrónico

devolvía los correos sin entregar. El estafador ya había pasado a la siguiente víctima. Mi hermana está destrozada así que voy a conducir hasta Austin para pasar un tiempo con ella.

Bien, señorita Isla, le he aplicado una mascarilla de leche y miel en la cara. Esperaremos treinta minutos a que se seque, antes de retirarla. Mientras tanto, voy a empezar a limpiarme.

—¿Quieres algo, un té o algo para beber antes de irte, o para llevar? —preguntó Isla

—Sí, estaría bien. Perdone si he hablado demasiado. Me siento tan mal por mi hermana... estaba realmente enamorada.

—Por favor, no te disculpes, es entrañable ver lo mucho que la quieres. Realmente puede ocurrirle a cualquiera, hombre o mujer —replicó Isla—, sobre todo cuando el amor no ha funcionado la primera vez y quieres volver a intentarlo.

Se levantó de la cama con la cara embadurnada de leche y miel para preparar un té para ambas. Tanisha esperó a que terminaran de tomar el té para lavar y secar el cabello de Isla. Como dos guisantes en una vaina, se sentaron juntas para tomar una segunda taza de té, cada una consumida en sus propios pensamientos.

Cuando se quedó sola, Isla recurrió a Google y buscó a Aach Frager. Aparecieron fotos de él. En la pantalla aparecía la foto que tenía de él, su biografía, las notas sobre sus viajes y el calendario de conferencias. Todo lo que sabía de él estaba publicado, incluso la foto que le había enviado cuando se lo había pedido un domingo por la mañana, para asegurarse de que era real. En ella se veía a Aach asomando la cabeza por la puerta del patio trasero, mostrando su cabello oscuro despeinado, sus ojos soñolientos... Parecía entrañable. También mostraba un número de oficina. Isla llamó a la oficina al día siguiente y habló con Monica Harris. Dirigía una agencia de conferenciantes que representaba a los oradores de forma parecida a como los agentes representan a los actores. Les ayudaba a encontrar las mejores oportunidades para hablar en conferencias, universidades, empresas, a nivel nacional e internacional. Se enteró de que la empresa se encargaba de la logística de las apretadas agendas de viaje. El doctor Frager estaba de viaje, dijo, y no pudo proporcionar más información.

Los días de junio de 2020, se sucedieron sin ninguna noticia de Aach. Isla tomó su celular para guardar su perfil y la correspondencia entre ellos en un lugar seguro donde no tuviera la tentación de llamar o comunicarse. Iba y venía en su mente cuestionando cada una de sus palabras, dudando de él como hombre y como ser humano. Su corazón roto agonizaba mientras destrozaba la imagen de Aach y de sí misma en trozos pequeños que podía analizar a profundidad. En realidad, es cosa de dos, dice el refrán, para saber quién era él realmente; ella tenía que saber primero quién era ella.

Sus pensamientos estaban con Aach día y noche, estaba aprendiendo el significado de la palabra obsesión, un sentimiento de apego a alguien hasta un punto que nunca había sentido. Aach le había contado que pensaba en ella sin cesar; en aquel momento, ella no había entendido. Ahora lo entendía. Él estaba en su mente ; ella se sentía ansiosa durante el día. Era doloroso leer sus correos electrónicos y aún más doloroso no poder dejar de leerlos. Se sentía confundida por amarlo por la noche, cuando lo anhelaba, esperando inquieta sus llamadas, los besos al aire que le enviaba desde lejos a la mejilla. Echaba de menos sus cartas, sus conversaciones, pero sobre todo deseaba que volviera para reunirse con ella, para estar con ella.

Isla decidió que lo mejor era esconder todos los mensajes, los correos electrónicos, incluso las canciones que Aach le había enviado. Fuera de su mirada; fuera de la mente. Mientras cambiaba su nombre en su celular por el de desconocido, poniéndolo en la categoría de muchas otras llamadas desconocidas o no identificadas que no se molestó en atender.

Al editar el número, la conexión se activó. Sintio pánico y colgó. Se preguntó cómo reaccionaría él si le llamaba. ¿Cómo le explicaría que le había llamado y colgado? Se contestó a sí misma: «Le diré la verdad». Entonces recordó inmediatamente que Tanisha había mencionado que los estafadores desaparecen si pagas, y siguen presionando, incluso amenazando a sus víctimas si no pagan. Pero ella no era una víctima; nunca lo había sido. En el peor de los casos, posiblemente sólo era una mujer enamorada del hombre equivocado. Sonó el celular; en su carátula se leía desconocido. Dejó que sonara. ¿Era realmente un desconocido, o tal vez era Aach? Descolgó.

—Isla, te he llamado porque he visto que he perdido una llamada tuya —dijo Aach—. Si no fuera así, no te habría llamado. Espero que estés bien.

—Llamé; fue una casualidad. Estaba guardando toda tu correspondencia bajo un título desconocido cuando se me debieron resbalar los dedos y te llamé por accidente. También sentí miedo y colgué inmediatamente.

—Estabas pensando en mí. Eso me importa.

Isla trató de ignorar el comentario y prosiguió:

—Pero ahora que te tengo al celular, ¿puedo preguntarte...? —No esperó una respuesta para saber si estaba bien o no preguntar—. Aach, ¿eres un estafador, un timador o algo parecido?

—¡No! Y por favor, quítate eso de la cabeza. —Su voz era fuerte. Era una instrucción. Luego suavizó su tono y continuó—. No he hecho nada malo, y tú tampoco lo has hecho. Actué de forma irresponsable y mi falta de juicio creó la situación en la que me encontraba. Comprendo que no hayas podido ayudarme. Siento haberte metido en mi situación, y te pedí disculpas, ¿no es así?

—Sí, lo hiciste.

—El que me juzgaras de una forma que yo no me veo a mí mismo, ha sido decepcionante.

—Lo que dices es una cuestión de perspectiva. Si tomo tu decepción como un sentimiento verdadero, entonces nos hemos decepcionado mutuamente. Pedirme una gran cantidad de dinero a apenas cuatro meses de haberme conocido por Internet, y sin habernos reunido aún en persona, parece algo fuera de lo normal para un hombre del calibre que pretendías que creyera que eras. Yo, como mujer de negocios, esperaba que tú, como hombre de negocios que tiene más o menos mí misma edad, estuvieras preparado para lo inesperado. Nunca sabemos lo que puede traer el mañana y tenemos que prepararnos para largos periodos de incertidumbre. Especialmente durante la pandemia.

—Estoy de acuerdo. Últimamente no he manejado bien mis finanzas; la única afirmación que puedo hacer es que no soy la mala persona que crees que soy. Soy una persona en una mala situación. Eso es todo. Estaba desesperado; pensando que iba a perderlo todo, otra vez. Sí, tienes razón, pedirte dinero era la salida más fácil. Era como pedirle a mi familia que me ayudara. Tengo mucho que hacer para superar la situación en la que me encuentro; mi fe en Dios me hará salir adelante. No tengo ningún resentimiento, pero he seguido adelante para corregir mis errores, para trabajar en mí mismo. Tal vez sólo era cuestión de tiempo. El tiempo nos habría demostrado que, aunque te quiera tanto como yo, no habría funcionado. Por favor, no busques la lógica en el amor. No la hay por una u otra razón, sólo hay emoción; no lógica, en el amor.

Isla no hizo más preguntas porque no podía soportar el desgaste de energía que suponía preguntar todo lo que se le pasaba por la cabeza; y luego, tal vez, cuestionar cada respuesta que él le daba. Destruiría todos los recuerdos que tenía de él, poco a poco, pieza a pieza, del mismo modo que él había construido la expectativa de una vida de amor y ternura para ella.

—Eso es todo lo que necesitaba saber. No podía soportar la idea de que tuvieras la intención criminal de estafar a alguien cuando te conectaste al Internet y por casualidad me encontraste. Bendiciones para ti en el futuro.

—Bendiciones para ti también —respondió.

Una vez que colgó, se preguntó en voz alta:

—Entonces, ¿quién es Aach? Ésta es la conversación más seria que hemos tenido sobre él. Todo lo que sé sobre él son las declaraciones que ha hecho sobre sí mismo. He tomado esas declaraciones al pie de la letra. Tiene rasgos que van apareciendo poco a poco. Es impulsivo. ¿Sera posible que sea un hombre impulsivo pero inocente en una mala situación? Esa es una respuesta sencilla si fuera un hombre sencillo, pero no lo es. Hay muchas capas en él. Es un psicólogo. E incluso si no fuera un psicólogo de formación, Aach es un pensador estratégico, es analítico, muy intuitivo, lo que le hace muy consciente e inteligente. Si es quien dice ser, es incompatible con una personalidad que te mete en una mala situación porque lo obvio estaba de alguna manera fuera del alcance de un análisis.

Aquella noche, Isla encontró su bloc de notas bajo la cama, una prueba de lo mucho que no había seguido sus pensamientos desde que Aach le habló del accidente y de que Frank e Issa habían contraído el Covid. Se tiro sobre su cama; colocó dos almohadas detrás de su espalda y se quedó mirando la página en blanco, y las palabras fluyeron de ella con emoción.

Fui yo quien abrió la puerta
Dándote acceso a mis sentidos,
Permitiendo nubes de lluvia
Empañar mi cielo

Ya que estas aquí
Quédate un poquito más
Lo suficiente para ayudarme a recoger los pedazos
De todo lo roto dentro de mi

Quédate lo suficiente para entender lo que no vi venir
La verdad sea dicha; sin ti, no hubiera conocido el amor...

¡Que paradoja! No fue la gloria en la promesa de un día tenerte
lo que me trajo peligrosamente al borde del precipicio.
Fue el no poder medir el impacto de perderte, o el dolor de tu partida,
No sé cuándo, ni porqué, renuncie a mí misma
A una vida ya construida que era solo mía,

Plena de dicha, dentro de mi soledad
Me pregunté a mí misma
Qué harás cuando por cualquier motivo, por
cualquier razón
Vea sus pasos ir hacia allá, no hacia acá

¿Sin siquiera decirme adiós?

No sé si podré algún día encontrar el valor
Para una entrega total
Ni se si algún día podré aceptar que el amor
verdadero
Pide de mí lo que no puedo entregar ; que
renuncie a ser yo,
Para ser nosotros.
Y si esa es la renuncia necesaria
¿Me acogerías fuertemente entre tus brazos?
Y entre susurros me dirías, que todo está bien,
que mi gran renuncia es normal.
Quien ama, se siente perdido en el amor;
Quien ama, teme sentir y expresar
vulnerabilidad
Que debemos aceptarnos tal y como somos
¿Un poquito cada día, tal cual migas de pan?
Diciéndole al otro; hoy, estoy aquí.

Isla respiró hondo y lo soltó lentamente. Aach era una persona de verdad, y se alegró de ello; sin embargo, la molesta sensación en su estómago no desapareció. Al oír que el reloj de pared daba la una, Isla cogió su celular y escribió:

Hola Aach, me dirijo a ti con la inquietud de mi corazón. Vivo sin remordimientos y para llegar a ti he tenido que dejar de lado mi orgullo. Ha sido muy duro para mí darme cuenta de que he estado lamentando mis sentimientos por ti. El tiempo ha pasado desde la última vez que nos conectamos. Soy lo suficientemente fuerte como para aceptar la verdad de que pensaba mal de ti. Que te juzgué basándome en las circunstancias. Te pido con esperanza que salga algo bueno para los dos en esta situación, si nos comunicamos y despejamos todas las dudas sobre el otro.

Justo en el momento en que pasabas por la crisis de Londres, Frank e Issa contrajeron Covid. A Issa le fue mejor que a Frank. Estaba muy, muy enfermo y hubo muchas veces que pensé que no sobreviviera. A Frank le ha costado mucho tiempo recuperarse; hoy, el 31 de julio, se cumplen exactamente dos meses del día en que ambos dieron positivo. Todavía pienso en tus mensajes cariñosos de que debería acordarme de comer, tus recordatorios de que debo permanecer en oración ya que el diablo siempre está al acecho, vienen a mi mente a menudo. También recuerdo tu alegre disposición. El mensaje de mantenerme centrada en el Señor y, si alguna vez me encontraba en una tormenta, que me acercara a la ventana para ver el arco iris que Dios puso en el cielo para que no me olvidara de alabarle por sacarme adelante. Y Dios nos sacó adelante. Te hizo pasar por la crisis de Londres; a mí me hizo pasar por muchas noches largas en las que lo único que quería era escuchar a mis hijos respirar con facilidad mientras luchaban contra Covid. Me pregunto por qué no te habías comunicado y espero que me lo digas ahora.

Agosto 2020

Aach: *1. Corintios 10:13.*

Isla: *Entiendo que todos nos enfrentamos a la tentación. Entiendo que una tentación no significa que tú o yo vayamos a caer en el pecado. Tú sabes y yo sé que Dios siempre nos dará la salida. Yo diría que, si deseamos algo, sabemos lo que queremos. Tú y yo siempre hemos sido dueños de nuestro deseo, antes de reunirnos en línea y durante todo este* tiempo. *¿Por qué temer ahora la tentación?*

Aach: *Es mejor cambiar de tema. ¿Están tus hijos bien? Espero que se hayan recuperado totalmente del virus.*

Isla: *Gracias, lo están.*

Aach: *Dios siempre te protegerá en tu viaje. No tengas miedo. Ten fe. Dios tiene un plan para ti que no dejará de cumplirse. El plan de Dios es que un hombre y una mujer se unan. Lo único que debes hacer es dar una oportunidad a alguien si puedes, en lugar de llegar a la conclusión de que todo hombre que se te acerca lo hace para aprovecharse de ti. Cuando tengas dudas, busca siempre al Señor para que te aclare las cosas. Reza siempre. Recuerda siempre que me importas.*

Isla: «¿Qué intentas decirme, Aach?» pensó Isla, y luego escribió: *Sólo puedo aventurarme a considerar... si estás hablando de nuestra situación... si me estás diciendo que lo único que tengo que hacer es dar una oportunidad a alguien... ¿Y tú? ¿Es la realización de nuestro amor un pecado? ¿Hay una tercera persona, ha habido una tercera persona todo el tiempo?*

Isla sintió que su cuerpo se separaba de su alma. ¿Dónde está el escape de Dios para mí? ¿A qué me aferro? Sintió que caía en un abismo. Cayó de rodillas y aulló como un animal herido. Lloró hasta que se dio cuenta de que no estaba sola. Puede que Aach se haya ido, pero Dios estaba de nuevo con ella para aliviarla del dolor de amar a un hombre. Comprendió lo que su padre había intentado enseñarle a la tierna edad de trece años. Todo se unió, las responsabilidad de nuestras decisiones. Comprendió que su mente, su cuerpo, sólo había intentado alertarla de la verdad subyacente que no podía ver con sus ojos.

¿Qué sentía Aach? ¿Remordimiento? ¿Tristeza, quizá

pena? Él también había perdido ; ¿estaba de duelo y ése era el motivo por el que había decidido mantenerse al margen ? Hay etapas en la curación; ella las conocía y sabía que se puede ir y avanzar entre la negación, la ira, la negociación y la aceptación. Puede llevar mucho tiempo curarse. Sin embargo, Aach no era emocional. Aach era diferente, y quizá no podía profundizar; quizá veía a las personas como un medio para conseguir un fin. Si este era el caso, su dolor no se debía a la pérdida de ella, eso sí lo podía soportar. Lo que no podía soportar era la pérdida de confianza en sí mismo al no poder convencerla, para conseguir por cualquier medio los fondos que necesitaba.

Capítulo 6
No es para los débiles

Agosto de 2020

Todo es posible. La gente desesperada toma medidas desesperadas para salir de un aprieto, y Aach había estado en un aprieto cuando le pidió dinero. Isla decidió que la mejor prueba de que no estaban en unión de pensamiento era que no se habían buscado durante la crisis. Su vínculo se rompió en lugar de fortalecerse. Además, estaba la cuestión de no poder pasar tres meses de ocio para poder estar con él, que ahora parecía irrelevante.

«A veces la verdad es dura; la gente tiende a recurrir a la alternativa de una mentira blanda para sustituir una verdad dura. Lo cual es un error», pensó. La verdad es inmutable. Una mentira blanda dicha en consideración a sus sentimientos sólo pospondría el dolor más adelante. Como esconder una rata a la vista hasta que apeste y haya que ocuparse de ella. Quizá otra persona le había proporcionado las cosas que ella no podía darle. Tiempo y dinero.

Isla estaba agradecida no tener ningún vicio. Si hubiera fumado, se habría convertido en una fumadora empedernida, en ese mismo momento. No bebía, pues de lo contrario la habría detenido la policía, "caminando después de medianoche en busca de su amor", como cantaba Patsy Cline. En esa línea de pensamiento, quizá Aach también lamentaba la pérdida.

—Pero yo no estoy hecha así —dijo en voz alta—. Puede que me duela, pero no me gusta el sufrimiento. Era más bien como Marty Robbins, el cantante, que aceptaba la situación y seguía adelante.

Sin darse cuenta, la letra de "No te preocupes por mí" (*Don't Worry 'Bout Me*) eran las palabras perfectas para vivir ahora. Hizo lo posible por tranquilizarse. Descalza, saltó sobre la cama y, simulando que sostenía una guitarra, empezó a cantar, siguiendo el ritmo con su pie derecho.

No te preocupes por mí, ya ha pasado todo...
Aunque esté triste, me las arreglaré de alguna manera...
El amor puede explicarse. Se puede controlar,
Un día es cálido, al día siguiente es frío
No me compadezcas, las lágrimas empezaron a rodar por sus mejillas
porque me siento triste
No te avergüences, podrías haber sido tú
Ohhhhh, oh amor, bésame una vez; luego sigue adelante.
Lo entenderé, no te preocupes por mí ...

—Nunca te olvidaré, Aach. —Se rió al recordar que cantaba esa canción a pleno pulmón cuando aún era una niña y no sabía nada del amor. Su padre la reprendía, "¡Isla, canta canciones destinadas a niños de tu edad!"

«No más lágrimas», pensó. En su lugar, decidió emprender un viaje interior. El viaje de la causa y el efecto; el descubrimiento de "por qué hacemos las cosas que hacemos" dentro de ella misma. Tenía que enfrentarse a sí misma, mirar debajo de la superficie para encontrar las respuestas, y hacerse cargo de los pasos que la habían llevado hasta donde estaba hoy. Tenía que sacar lo que era su núcleo y comprenderlo.

Ahora entendía lo que no podía entender de sí misma cuando pidió el divorcio. Por qué se había empeñado en que no había otra opción. El tiempo le reveló que, si hubiera seguido casada con Frank, se habría alejado con Aach diez años en el futuro, cuando el hombre de sus sueños finalmente se materializó hasta el punto de que ambos estaban destinados a reunirse. De alguna manera, en algún lugar de su interior, sabía que la unión con Frank no era su todo. Sabía que esperaba a alguien que aún no conocía, pero que lo haría. Durante muchos años, mientras estaba casada, había estado atenta a la puerta de su alma. Esperando a aquel que aparecería en su horizonte y al que inevitablemente amaría con abandono. Su desesperación, su ansiedad, su obsesión, no era el quererlo; su obsesión era que no quería ser adúltera. La *Biblia* menciona la infidelidad dos veces, una por hacerla y otra por pensar en ella. Había estado pensando en ese desconocido que caminaba por el tiempo hacia ella. Por eso se mostró tan decidida cuando le pidió a Frank el divorcio. Frank no podía entender sus razones.

Sólo las viudas y los viudos tienen una segunda oportunidad de emparejarse de por vida. Es una esperanza que le toca a pocas. Prefirió estar divorciada. Aach tuvo una segunda oportunidad. Ella una segunda oportunidad. El mundo considera a la viuda, o al viudo, como el que captó y mantuvo una unión sagrada, muy probablemente una unión imperfecta, pero que fue capaz de mantenerla unida de por vida. La sociedad valora este logro; sirve para mantener un registro ordenado y determina quién heredará su legado. La monogamia no es algo natural en la naturaleza humana. El lado imperfecto de los humanos está enterrado en la institución del matrimonio mediante el perdón del pecado. Somos tan imperfectos que, de algún modo, racionalizamos nuestra salida. La viuda o el viudo pueden enterrar a la persona que una vez amaron y seguir adelante y encontrar a alguien a quien dar su amor en un segundo intento.

Esa era la razón por la que Aach no podía casarse con una no cristiana. El cónyuge debe entender las reglas del juego. Las reglas son diferentes para el divorciado, quien no mantuvo sus votos sagrados, que no pudo averiguar cómo mantener unido un matrimonio. Si la base de la estructura no resiste, todo se viene abajo, incluida la negación de la sociedad a ofrecer un segundo intento, y la necesidad de la aprobación de la sociedad está grabada en nuestro cerebro.

Ella se divorció, pero también se quedó. No perseguía un sueño, se quedó dentro del núcleo de su familia; su marido se convirtió en lo que realmente era, un amigo, y ella esperó a que su sueño se hiciera realidad. Ambos se esforzaron por mantener la familia unida. Mantuvieron sus votos familiares, sagrados para sus hijos. Una decisión arraigada en el amor. Llevaba catorce años casada fiel y lealmente con Frank. Había amado a Frank como un niño ama una suave canción de cuna cantada por su madre que lo sostiene en su pecho. Hasta que la dulce melodía resultó no ser suficiente. Ella había criado a sus dos hijos con amor, sacrificando la llamada que había en su interior y que quería ser algo más que una esposa y una madre.

Así, acababa de demostrarse a sí misma que no entendía realmente el amor. Habría dado su vida a cambio de la de sus dos hijos. ¿Era eso el amor, o el conocimiento egoísta de que sacrificarse por sus hijos era menos doloroso?

Reconoció que el amor la asustaba. Le daba más miedo con Aach que con Frank. ¿Era porque Aach le exigía más que Frank? Aach era admirablemente potente, fuerte. Frank era firme, un padre maravilloso. Pero el amor no es admiración ni devoción. El amor, el verdadero amor, requiere sacrificio. La Biblia exige que se ame al prójimo. Ella, en cambio, tenía que recordarse a sí misma que la perfección que tanto le atraía podía ser una mentira. Amar al prójimo es dar a los demás algo de lo que somos. Y la definición de los demás es la de los desgraciados, los enfadados con el mundo o los poco atractivos, sin esperar nada a cambio. Repartió mantas a los albergues y un diezmo a la iglesia, aunque no puso un pie en la puerta. En una escala del uno al cinco, siendo el cinco lo mejor, se dio un dos. Amar es sacrificar. Demasiado pedir.

La bondad. Hacía poco que había juzgado a alguien en una fracción de segundo como no apto para su amor. Ese alguien había perdonado su imperfección. ¿Por qué no había sido capaz de ver más allá de la vida destrozada que le había confesado Aach? En lugar de decirle, no hace falta que me digas lo que no sé si no va a afectar a mi vida, ¿por qué no se acercó al naufragado con amabilidad y le preguntó, "Cómo llegó un hombre de tu calibre a ser un desgraciado? ¿Cómo has llegado hasta ahí?" Todos somos desgraciados, sólo que no se lo decimos a nadie. Le dijo, "buscando compasión". Su planteamiento fue, por favor, háblame de tus desgracias si no van a afectar a mi vida futura. Impedir es evitar dar más pasos. Hablaba con amabilidad; sin embargo, sus acciones no llevaban ninguna amabilidad.

Era posible que Frank hubiera firmado los papeles del divorcio por amabilidad, quizá incluso por amor. Había firmado para evitar que ella se convirtiera en una desgraciada. Lo único que pudo hacer fue ver cómo ella perseguía con ahínco su objetivo de liberarse de él. Ella no había buscado otra relación. No quería molestarse con otra relación. Todo lo que había querido hacer era ser una mujer soltera y esperar al hombre que caminaba hacia ella. Amar es ser amable con los extraños, con las plantas, los animales y todas las criaturas creadas. No había sido amable con Frank cuando le pidió el divorcio; tampoco lo había sido con Aach cuando le preguntó si era un estafador o un timador, un hombre con intención de aprovecharse de ella. Se veía a sí misma como una víctima, no como una participante. Era probable que ni siquiera pudiera recordar las muchas veces que había sido poco amable con sus hijos, con sus amigos, con todos. No quería molestarse en ser amable. Amar es ser amable. En una puntuación de cinco, se dio un dos en amabilidad.

Hay que perdonar. Se puntuó un poco más en eso. Pedía mucho perdón; no se le pasaba por la cabeza que pudiera tener siempre la razón; sin embargo, cuando se le pasaba por la cabeza era porque los comportamientos de los demás estaban por debajo de sus expectativas. Y en este caso, la habían pillado. Este hombre había confesado cándidamente que era un pecador; y ¿quién no lo es? Ella misma había dicho una vez que prefería aceptar a un pecador redimido que al que le decía que era justo. No había estado a la altura de sus propias palabras, pero aun así le resultaba más fácil pedir perdón que pedir permiso. En una escala de cinco, se daba a sí misma un cuatro en perdón.

También se dio a sí misma una mejor nota en cuanto a la lealtad. Siempre había sido leal a Frank y a sus hijos. Había sido sincera con Aach. Le dijo por adelantado, por carta, por texto y quizá incluso verbalmente, que esperaría a reunirse con él para entregarse por completo. No podía creer lo que no podía inspeccionar. Si eso es lo que pensaba y decía, ¿cómo podía decirle también a Aach que creía que Dios les había unido? ¿Cómo podía sentir que tenía que escudriñar el regalo de amor de Dios para ella? ¿Dónde estaba su fe, su confianza en el Todopoderoso? Isla borró rápidamente la puntuación de cuatro que se había dado a sí misma y la sustituyó por un dos; borró el dos y lo sustituyó por un uno. Estaba en el fondo del pozo en cuanto a su lealtad a Dios y a la humanidad.

Era como cualquier otra persona. Al fin y al cabo, no era nadie especial. Mostraba las mismas imperfecciones que veía en otros a los que evitaba cautelosamente. Los sintecho, los indigentes, los sucios, los pecadores, los que no habían llegado a nada. Ella era como ellos; no estaba en la misma situación, pero era como ellos. Como ellos, podría encontrarse con ellos algún día. También ella, aunque completamente vestida, caminaba desnuda por la calle, donde toda la gente podía ver a través de sus ropas y directamente en su alma.

Menos mal que estaba en casa, pues tardó mucho en recuperar la compostura. Quería salir corriendo de su cuerpo. Toda esperanza de reencuentro con Aach había desaparecido. Él había sido ese hombre que ella esperaba ; era su tentación. Lo que había destrozado su vida antes seguía afectando a su vida hoy. ¿Cuál era la tentación de el? ¿Las mujeres? ¿El alcohol? ¿Las drogas? Sabía que las mujeres eran la lucha más común de los hombres. Es una cosa de hombres que nunca desaparece. Si su lucha era la lujuria, ella podía relacionarse, ahora podía relacionarse. Si era el alcohol, las drogas, no podía relacionarse, pero podía entenderlo. La verdad es que ella nunca lo sabría. Ahora tenía que enfrentarse a su propia tentación. Había abierto la puerta de su alma a un desconocido con quien que nunca se reuniría, y ahora tenía que enfrentarse a las consecuencias, a la lujuria, a las fantasías sexuales, a las cosas comunes al hombre, que no había visto en sí misma. Gina Purcell, su médico, tenía razón, ella es una mujer, y como tal es un animal salvaje y sexual, sólo que las buenas mujeres, no hablan de sexo. Las madres cristianas no hablan de sexo con sus hijas. Se les deja que lo aprendan con su marido. Elige bien. Elige a un hombre como Frank, estable y fiable. ¿Qué haría ella con las fantasías sexuales que jugaban en su cabeza y tenían la voz de Aach, no de Frank? ¿Qué haría ella con la promesa de que él sería su amante para siempre? Él, que una vez se preguntó cómo sería vivir con ella. Sabía que él no vendría a verla. Había pasado volando hacia otro destino; probablemente a los brazos de otra mujer que lo esperaba. Podría haberle dicho la verdad. No era un estafador, pero ahora le resultaba evidente que tenía problemas más allá de lo que ella conocía. El accidente de Londres había sido el catalizador que hizo aflorar sus dudas y sus diferencias. El fondo de su mensaje era que ella ya no era su prioridad; tenía que encontrar una solución en la oración. Él estaba trabajando en sí mismo. Tendría que enfrentarse al diablo -sus dudas, su pérdida, lo desconocido- por sí misma. El diablo siempre está al acecho.

Se rompió en pedazos, sintiendo dolorosamente cómo se rompían todos los huesos de su cuerpo, uno a uno. Hasta que se reunió en línea con Aach, su plan había sido permanecer soltera. Y como ejemplo de esa decisión, tenía a Tom. No es que no quisiera una relación romántica, es que se sentía menos competente en ese aspecto. Había sido advertida por su madre cuando decidió que quería estudiar economía y diseño.

La respuesta de su madre fue: «¿Para qué quieres eso?»

«Para desarrollar el lado izquierdo y el derecho de mi cerebro, mamá. Creo que es una muy buena combinación».

«Lo que quiero decir —había afirmado su madre—, es que los hombres no necesitan tu capacidad de análisis a menos que trabajes con ellos. Si quieres un marido, un buen marido, debes estar en la misma página emocional».

¿Tenía que estar en la misma página emocional con Aach, o acababa de despertarse de su sueño? ¿Y qué hay de Frank? De nuevo, ahora podía ver que tenían un negocio próspero y un matrimonio fracasado.

—Tengo mi respuesta —gimió en voz alta—. No puedo

obsesionarme con esta ruptura, —se recordó a sí misma—, sé que estoy profundamente enamorada de Aach, pero la ruptura no puede convertirse en una obsesión, y Aach no puede convertirse en mi fantasía. Dejaré que mis emociones sigan su curso, como hice con el virus. ¿Dónde he dejado el ibuprofeno?

Habían pasado tres días desde que ella y Aach habían hablado. Isla estaba hecha un desastre. Su cabello había perdido la vitalidad que Latisha le había dado con el peinado. Tenía los ojos rojos, la piel pálida, no había música en su casa y se dio cuenta de que no se había cambiado el pijama.

Por impulso, buscó su bloc de notas en la mesilla de noche. Había escrito el nombre de Mónica y un número de celular. Mónica era la persona que respondía al celular cuando ella había llamado al número de la oficina de Aach. Cogió el celular y miró el número sin marcarlo. ¿Debía llamar? ¿Debía llamar al número de la oficina y averiguar más cosas, o no debía hacerlo? ¿Qué diría si Mónica respondía? ¿Qué le diría a Aach? ¿Hasta qué punto se sentiría avergonzada?

Marcó. El celular sonó tres veces. Contestó una voz femenina.

—Despacho del doctor Frager, soy Mónica, ¿en qué le puedo ayudar?

—Hola Mónica, soy Isla Meadows. He llamado mientras el doctor Frager estaba de viaje en Europa. ¿Puedo hablar con él si está de vuelta?

—¿A quién anuncio, y por favor, puedo tener un motivo para su llamada?

—Isla Meadows, me gustaría concertar una cita para reunirme con el doctor Frager, por favor. Se trata de sus recientes conferencias en Europa.

—Hoy tenemos una cita disponible a las tres de la tarde debido a una cancelación. Será la última cita del día, así que le ruego que sea puntual. El tráfico es un caos debido a una reconstrucción de la carretera cerca de nuestra oficina. Es posible que tenga que buscar estacionamiento en el edificio de enfrente.

Cuando ocurre lo inesperado hay que estar preparado, e Isla estaba preparada para reunirse por fin con Aach Frager, bajo sus condiciones, pero en el territorio de él. Reservó un vuelo de Southwestern de ida y vuelta a Houston a las once de la mañana y le dio la dirección al conductor de Uber cuando llegó al aeropuerto Hobby.

—Greenway Plaza 24, por favor.

—Por supuesto, señora.

No importaba cómo se desarrollara la reunión. No se trataba de evitar enfrentarse a su situación cara a cara. No había ningún ganador probable y ella no tenía nada que perder. Todo estaba ya perdido. Ella había buscado un cierre con Aach y él había sido demasiado ambiguo; su respuesta fue rezar por todas las cosas y por todas las cosas estar agradecida. Ella había aprendido eso a los cuatro años. Estaba aquí para aprender algo nuevo.

Su llegada temprana estaba prevista para que se familiarizara con su entorno. El edificio era una torre de cristal de 57 pisos, y ella iba al decimocuarto piso. Los ascensores estaban a la derecha de la entrada principal y el mostrador de seguridad estaba en el centro del vestíbulo. Había una tienda a su izquierda y el guardia de seguridad le informó que los baños estaban a la derecha de los ascensores de cada planta. Había una zona para sentarse; se dirigió allí para esperar hasta las dos cuarenta y cinco, cuando tomaría el ascensor hasta la planta de Aach. El despacho era compartido. El nombre de Frager aparecía en el directorio que había al lado de la puerta. Entró y se dirigió directamente a Monica Harris.

—¿Es éste el despacho del doctor Aach Frager?

—Sí, lo es. ¿Es usted la señora Meadows, para la cita de las tres?

—Sí, lo soy —respondió Isla con calma.

—El despacho del doctor Frager se encuentra al final del pasillo, a cuatro puertas de aquí, a su izquierda. Le acompañaré hasta allí.

Isla y Mónica caminaron por el pasillo y Mónica abrió la puerta del despacho del doctor Frager. Se quedó quieta mientras Mónica salía de la habitación. El despacho tenía una bonita vista de fondo, pero lo único que pudo ver fue al hombre sentado tras el escritorio. Allí, sentado tras un gran escritorio de caoba, estaba el hombre del que se había enamorado sin reunirse. Tragó con fuerza y se contuvo para no correr hacia él y hacerle saber lo mucho que lo amaba. «Empecemos de nuevo, mi amor. Siento mucho haberte juzgado mal. Tienes razón, tú Aach Frager, eres un buen hombre que se vio atrapado en una mala situación». Estaba a punto de decir: "Perdonemos y olvidemos, superemos esta crisis, todo es un malentendido. Te creo...", pero las palabras no salieron de su boca.

El doctor Aach Frager, se levantó para reunirse con ella, extendiendo la mano para indicarle dónde debía sentarse. Isla permaneció en su sitio, de pie. Y él también. Era tan alto como decía. Isla sintió que le flaqueaban las rodillas. "Ahora no, se dijo. Puedes derrumbarte más tarde".

—¿Nos hemos conocido, señorita Meadows? —preguntó con una mirada interrogante en su rostro.

—Creía que me había comunicado con usted —respondió nerviosa—, pero para responder a su pregunta, no, no nos hemos conocido antes.

—¿En qué le puedo ayudar? —preguntó Frager con curiosidad.

La voz de Isla flaqueó; se puso enferma. La voz de este hombre no era la de Aach.

—Me llamo Isla Meadows, soy empresaria, diseño joyas, vivo en Dallas.

—¿Por eso está aquí, señorita Meadows? No llevo joyas, excepto mi reloj, y todavía estoy buscando una esposa a la que regalar joyas —dijo bromeando.

Isla se aclaró la garganta.

—Estoy aquí para informarle que llevo comunicándome desde enero con un hombre que conocí por Internet y que, según creo, está utilizando su identidad. El doctor Aach Frager con el que me comunique dice que es un psicólogo, con un doctorado en Filosofía, tiene cincuenta y dos años y tiene un porte y una semejanza a usted.

—Entonces ése soy yo, señorita Meadows —dijo mirándola directamente a los ojos.

—Estoy aquí para que sepa que ese hombre se hace pasar por usted —dijo Isla en voz baja mientras fijaba su mirada en los ojos de Frager. Examinó los ojos melancólicos que tanto le gustaban. Mantuvo la compostura y continuó— este hombre me dijo que estaba terminando una temporada de conferencias en Europa. Nos escribíamos a diario y, justo antes de que terminaran sus conferencias, me pidió dinero.

Frager enarcó una ceja y se sentó en la silla frente a Isla. Isla respiró profundamente y se sentó en la silla frente a la suya.

El doctor Frager la miró atentamente y le preguntó:

—¿Está bien?

—No, ahora mismo no, pero me pondré bien. Si me lo permite, buscaré algunas de las fotografías suyas, de su perro, de la fachada del edificio y otras que me ha enviado esta persona.

Cuando las fotos de Aach aparecieron en la pantalla de su celular, continuó.

—La persona con la que me he comunicado me ha enviado estas fotos que también están disponibles en Internet.

—Sí, las mismas fotos están en Facebook, Instagram y quizá en otros sitios con fines de marketing. Viajo a menudo. Ese soy yo... sin duda, pero no entiendo, no tengo ninguna razón para enviarle fotografías o comunicarme con usted, señorita Meadows.

—Tiene razón. He venido a alertarle de que alguien se hace pasar por usted y no sé quién es esa persona. Ahora lo entiendo. Comprendo que he sido engañada por alguien que ha asumido su identidad. Por favor, perdóneme por haberle quitado tiempo. Tenía que enfrentarme a la verdad y confirmar de una vez por todas mis sospechas de que se trataba de un caso de suplantación de identidad. No podía vivir en paz pensando que podría estar acusando de fraude a un hombre inocente. Estoy aquí para mi propia tranquilidad. Gracias por haber aceptado reunirse conmigo, no era necesario.

—¿Se parecía a mí?

—No sé qué aspecto tiene realmente. Las fotos que

envió de él mientras se hacía pasar por usted son las mismas que vi de usted en el Internet. Compartió fotos de la Universidad de Navarra, en Pamplona, España.

—Estuve allí hace poco.

—Una pregunta. ¿Tuvo un accidente de coche en Londres?

—No, hace poco volví de Londres, todo fue bien allí. La última conferencia fue en Escocia, no ocurrió nada fuera de lo normal, con la obvia excepción de las restricciones establecidas debido a la pandemia.

—Siento mucho haber interrumpido su día. La situación es tan absurda que me siento estúpida por haber caído en los juegos de un manipulador que se hace pasar por usted.

—Creo que es bueno que me haya llamado y visitado. Es bueno que sepa que alguien ha robado mi identidad y se hace pasar por mí. Me tomo los asuntos de esta naturaleza muy en serio. Por favor, deme sus datos. Mi siguiente paso es denunciar este incidente a la policía. ¿Le importa? Estoy preocupado. ¿Cómo lleva esta ... traición?

—No muy bien. Estoy angustiada y desdichada, doctor Frager. Hacía meses que tenía ganas de reunirme con usted en Dallas. Para ser arropada por usted y tenerlo como mi marido para querer y respetar para el resto de mi vida. tener. No soy de las que se enamoran a menudo; pero me he enamorado de usted, lentamente, a través de otro hombre. Es difícil separar la realidad de la ficción cuando la persona a la que sabes que amas, con todos tus sentidos, es un extraño sentado frente a ti sin saber de tu existencia. No pertenezco al falso Aach Frager, y tampoco pertenezco al verdadero Aach Frager. Es una situación complicada creada por los juegos mentales que aún no he podido resolver.

—Isla, siento mucho saber que su alma está llorando la pérdida de una persona que sí existe, pero que no conoce realmente. Empatizo —continuó el doctor Frager— con su sentimiento de angustia. Yo me sentiría igual si mirara a la mujer de mis sueños, pero no fuera realmente ella, y que ignorara por completo que yo existiera.

Por favor, no se culpe. Cualquiera puede ser presa de un

buen estafador, desde los que lo tienen todo hasta los que no tienen nada; yo diría que usted no encaja en el perfil de una víctima, pero aquí estamos. Creo que no se puede cerrar la puerta a un sentimiento verdadero. Existe, hay hombres buenos ahí fuera, que en su mayoría pasan desapercibidos. La motivación del estafador es ponerle por las nubes. Él o ella es un jugador. No es sólo la codicia, es la emoción de ponerle una encima si se queda el tiempo suficiente. Mire su correspondencia con él y lea entre líneas. Si el estafador cree que sería una posible víctima, una de las primeras cosas que expresará es su miedo a perderle alabándole constantemente. Nadie abandona a alguien que nos recuerda nuestras virtudes o rasgos positivos.

Le elogiará por comprenderle como nadie lo hace. Así es como empiezan las historias de amor. Con la diferencia de que un estafador no se esfuerza por comprenderle. Está repitiendo lo que la víctima le dice. La jugada del estafador consiste en espejar a su víctima. Los estafadores consiguen que piense en todo lo que tienen en común. Realmente cree que se ha reunido con un alma gemela. Un estafador hará lo que sea necesario para atrapar a su presa y retenerla hasta que quede poco. Sea quien sea esa persona, ha encontrado la forma de manipular su camino hacia su corazón. Percibió una necesidad en usted y, una vez que sepa lo que necesita, irá a por ello con precisión quirúrgica, y extraerá el oro. Pronto le hará saber que él también tiene necesidades. Sus necesidades no son espirituales, ni físicas, ni nada parecido a las suyas; sus necesidades son siempre de carácter económico. Pedirá dinero en cuanto crea que tiene a su víctima en sus manos. No importa si su víctima es rica o pobre. Ha evaluado, a través de sus interacciones cuánto dinero puede aportar a su causa, y le da las instrucciones para completar la transacción, aunque no sea rentable.

—Me sentí atraída por él por nuestra mutua fe en Dios. Él utilizó mi fe contra mí. Tenía dudas cuando nos conocimos por primera vez. Él lo hizo de una manera muy especial, derritió mi corazón. Escribió a mano una oración para mí; para nosotros, y no dejó de llamar cada noche para rezar conmigo. Me llamaba para arroparme en la cama casi todas las noches y me dejaba soplándome un beso en la mejilla. Me amaba sin ponerme un dedo encima, nunca.

—Debo corregirle, recuerde que nunca se reunieron. Le manipuló para que tuviera esa sensación de conocerle. Le conoces tanto como a un actor, a un intérprete, a Brad Pitt o al guapo que toca la batería de un grupo musical. ¿Qué hizo cuando no cayó en la estafa? ¿Dejó de hacerlo, ¿verdad? Desapareció de repente, a propósito.

—Envió un mensaje de texto diciendo que me amaba, pero técnicamente, se convirtió en un fantasma.

—El resultado que quería al enviarle un mensaje de texto diciendo que le quería, y repetirlo diciendo su nombre, era que se sintiera culpable por no ayudarle. Todo lo que quería era que usted llamara primero, para venir a buscarle. En ese momento esperaba que le quisiera más que a sí misma. Si está pasando por un período de baja autoestima o si está pasando por algún tipo de trauma, o pérdida, *Bingo*, él tiene una ventaja y le asegurará que le quiere. Le dirá que todo fue un malentendido, que es probable que se reconcilien, y el juego continúa. Volverá a pedirle dinero, hasta que no quede nada, por no hablar de lo que queda de su dignidad. El estafador juega a este juego con varias personas diferentes al mismo tiempo. Estafará a otra persona.

—¿Cómo he podido ser tan estúpida? Era demasiado bueno para ser verdad.

—No fue estúpida; no es estúpida. Confió en una persona que pretendía compartir sus creencias. Su vacilación a la hora de tomarlo al pie de la letra sólo potenció su necesidad de demostrar que podía hacerle cambiar de opinión y hacer que se enamorara de él. Estúpido sería participar en el juego, otra vez.

Por favor, no derrame ni una lágrima por este hombre. Nada de lo que le ha dicho es cierto. Puede que haya pensado que le estaba comunicando con una sola persona. La realidad es que los estafadores trabajan en red, haciéndose pasar por la misma persona. Tengo sus datos de contacto y le llamaré en cuanto presente una denuncia a la policía. No espere mucho, este tipo de delito es muy difícil de perseguir.

En su caso no se ha cometido un delito, ya que se negó a enviar el dinero. Es usted quien se ha liberado. Gracias a Dios.

Puede quedarse un poco más si necesita recuperar la compostura de sí misma antes de volver a enfrentarse al mundo. ¿Puedo ofrecerle un vaso de agua?

Ella declinó cortésmente.

Isla tomó el vuelo de las ocho de la noche de vuelta a Dallas y se fue directamente a casa. Al día siguiente, se levantó temprano y llamó a su despacho a las nueve.

—Franissa, buenos días. Soy Debbie, ¿en qué le puedo ayudar?

—Buenos días, Debbie, soy la señora Meadows, ¿está Frank padre en la oficina?

—Sí, está. ¿Le llamo al celular?

—Sí, por favor.

—Enseguida, señora.

—Hola, Isla. —Era Frank el que estaba al otro lado.

—¿Es posible que te pases por aquí en cuanto puedas?

—¿Va todo bien, Isla?

—No, no estoy bien. Necesito un amigo y tú eres mi mejor amigo. Te agradecería mucho que te pasaras por aquí. Por favor, no avises a los niños de que vas a venir.

—De acuerdo, ahora mismo voy.

Isla se duchó y se arregló antes de que llegara Frank. Se puso unos vaqueros, una camisa blanca extragrande que metió hasta la mitad, y esperó a Frank.

Sonó su celular. Contestó.

—Soy Isla Meadows.

—¿Isla? —Era la voz del verdadero Aach Frager. Y sin verlo, su voz no le produjo ninguna emoción. Se sintió mejor de inmediato—. Soy Aach Frager. Llamo para saber si ha llegado bien y se encuentra mejor.

—Lo estoy, muchas gracias por llamar. Superaré este incidente. Acepte mis disculpas por haber interrumpido su día de ayer.

—No hace falta que se disculpe. Me alegro de haber aceptado su cita y de que haya servido para aclarar una situación. La vida es dura porque tenemos que enfrentarnos a realidades duras. Pero las realidades duras nos enseñan lecciones que no olvidaremos. Las realidades duras son mejores que las mentiras blandas, porque una vez que se enfrenta a sus miedos, no hay nada que temer y puede seguir adelante. No espere que salga nada de la denuncia policial que presenté. Lo hice para aumentar la presión sobre la resolución de este tipo de delitos. Cuídese y cúrese. Permita que otros le ayuden a sanar; personas que conoce y que le quieren. Que Dios le bendiga. Que siga sana y salva.

Isla le dio las gracias y colgaron.

El hombre que atravesó la puerta y entró en el vestíbulo era su marido desde hacía catorce años. Se lo describió a sí misma mientras estaba de pie en la puerta esperando a que ella le invitara a entrar. Él también era guapo, impresionante. Alto, de rasgos afilados, bien educado, con un peso equilibrado e inteligente. Llevaba las canas en las sienes y sus ojos color avellana enmarcados por gruesas cejas transmitían amabilidad. Había elegido bien al padre de sus hijos. Frank Jr. se parecía a su papá, excepto que Frank Jr. estaba todavía en la etapa de la buena apariencia infantil. Así lucía Frank cuando se casó con él.

—¿Puedo pasar, estás bien? Parece como si me estuvieras mirando por primera vez —dijo Frank en tono de broma.

—Puede que tengas razón. Siempre estamos en la oficina cuando nos vemos. Me alegro de verte aquí.

Frank añadió:

—Es bueno estar en casa.

—¿Quieres un poco de café?

—Sí, por favor.

—Te he llamado para hablar de algo muy íntimo, nuestro matrimonio y nuestro divorcio.

—Me alegro mucho de que lo hayas hecho. Has estado en mi mente desde que los niños tenían Covid. Fue necesaria una crisis para unirnos, para abrazarnos plenamente.

—Sí, me sentí segura y protegida cuando me abrazaste y consolaste durante el momento más doloroso de mi vida.

Isla sirvió el café y se lo ofreció a Frank. Lo colocó sobre la encimera.

—Fui un cobarde, Isla. Tendría que haber luchado por tu amor entonces y no lo hice. El miedo a saber si estabas enamorada de otro hombre me impidió incluso pedirte que lo reconsideraras. Para mí, el amor y la fidelidad son uno. Este miedo no me permitió comprometerme a que volvieras a mí. Eras muy joven, tal vez veintidós años, aún estabas creciendo, cuando empezaste a vivir.

—Sí, tenía veintidós años; tú tenías treinta y dos.

—Recuerdo lo inocente que eras; lo fácil que era quererte y vivir contigo —añadió Frank—. Los gemelos llegaron once meses después, y aunque quiero a nuestros hijos, sentí que la mujer niña que era mi dulce amante se había ido para convertirse en la mejor madre del mundo. Me sentí abandonado, aún no era lo suficientemente maduro para saber, y mucho menos para aceptar la realidad de lo exigente que era para ti ser madre de un niño, por no hablar de los gemelos. En aquel momento, no esperaba que tu libido disminuyera. No esperaba que la paternidad fuera tan dura.

—Siempre te he visto como un padre maravilloso. Quizá no te he dicho lo suficiente lo mucho que significas para mí como compañero, como amigo. La cuestión es que nos quedamos ahí. Nos quedamos como amigos. No nos esforzamos por volver a ser amantes. No reclamamos nuestra cama, no reclamamos nuestro espacio, el sexo se convirtió en el diez por ciento de nuestras vidas.

—Estoy de acuerdo y eso es culpa mía. Sin embargo, el sexo se convirtió en el noventa por ciento de mi vida cuando me pediste el divorcio. Mi primer impulso fue pensar que te habías enamorado de otro hombre. Quizá incluso tenías una aventura o la estabas teniendo. Yo sabía una cosa con certeza. Estaba enamorado de ti, y no quería que fueras una adúltera, prefería darte la libertad de seguir tu corazón. Resolveríamos los detalles del divorcio de forma amistosa.

—¡No estaba enamorada de nadie más!

—Ahora lo sé. Nos divorciamos y esperaba que dieras un paso hacia tu nueva vida; pero no había ninguna vida nueva para ti en el horizonte. La vida volvió a ser como siempre, con la excepción de que no dormía en tu cama. El sexo pasó del diez por ciento al cero por ciento; las rutinas siguieron siendo las mismas. No tenía un respaldo al que acudir. No había otra mujer como tú, así que seguí con la crianza, y empecé a preguntarme por qué demonios me habías pedido el divorcio. Nunca lo entendí. Eres una mujer increíble; eres el paquete completo. Amante, madre, esposa, amiga, todos los aspectos de una mujer armonizados en uno. Nunca me pareció que lucharas con ninguna parte.

—No luché en su momento, por alguna razón mi impulso sexual estaba dormido. Ahora lucho con él...

—¿Recuerdas el momento en que nos abrazamos porque nuestros hijos estaban enfermos?

—Claro.

—Volví a sentir una especie de vivacidad en ese abrazo. Empecé a analizar tus acciones, tus palabras, para saber si seguías interesado en mí. Me sincronicé con tus emociones aquel día y empecé a soñar despierto con volver a hacer el amor contigo. Estoy aquí porque estoy dispuesto a luchar por ti, si hay una pizca de esperanza... —Frank hizo una pausa nerviosa— ...de que vuelvas a ser mi amante, lucharé por ti. Isla, ¿estás dispuesta a volver a intentarlo? ¿Estás dispuesta a empezar donde lo dejamos, sólo que mejor? Podemos empezar saliendo de nuevo. Sin ataduras, sólo redescubriéndonos de nuevo. Tenemos los recursos; tenemos el tiempo. Sé que rezas, Isla, y yo nunca lo hago. Sin embargo, me ha conmovido verte buscar mi mano y rezar al Dios en el que crees por la vida de nuestros hijos, y por todos los enfermos, por todos los que no tienen a nadie que rece por ellos. Quiero volver a rezar contigo. Quiero aprender a rezar y rezar contigo, por el resto de mi vida.

Isla soltó una risita.

—Eso me gustaría más que cualquier otra cosa.

Julio de 2021

—Isla, Isla, ¿dónde estás, mi amor? Frank la buscó en todas las habitaciones de la casa. La encontró flotando en la piscina. Sus piernas bronceadas parecían extenderse eternamente; su cuerpo estaba enfundado en un bañador blanco que contrastaba maravillosamente con su cuerpo de tonos dorados. Su largo cabello castaño flotaba en el agua... debía de haberse quedado dormida.

Él se quedó mirándola con asombro. Era una criatura hermosa, tanto física como espiritualmente. Sintió que no podía pasar más tiempo sin abrazarla y tenerla. Estaba allí para invitarla a cenar esa noche; le pediría matrimonio por segunda vez. Esta vez era diferente, ella era diferente, rezaban juntos cuando estaban solos, y con los niños cuando estaban cerca. Ella no llevaba ninguna carga. Era coqueta, sexy y parecía disfrutar de su feminidad. Algo que él disfrutaba plenamente pero que no había observado antes en ella. Seguía siendo la madre maravillosa, la amiga y la socia. Era un hombre verdaderamente afortunado. Lo tenía todo.

Frank se puso un bañador y se acercó al flotador que se movía perezosamente en el agua.

—Isla, mi amor... —La besó, ella respondió con los ojos aún cerrados y sus labios le devolvieron el beso. Sintió mariposas en el estómago. Era su chica, su mujer, su amor. La madre de sus hijos—. ¡Isla, te quiero y no puedo esperar más... para abrazarte y a tenerte!

—Tengo que confesarte algo antes de que te declares, ¿puedo? —preguntó ella, dejándole perplejo.

—Sí. —No pudo ocultar su nerviosismo, ¿qué iba a decir Isla?

—Éramos niños mayores cuando nos casamos y nos quedamos embarazados de los gemelos. Desde entonces hasta ahora, he vivido un poco. La mayor parte la conoces, me conoces como nadie. Sabes que no me ando con rodeos. Si hubiera salido con el hombre adecuado mientras estábamos divorciados, me habría casado con él. No ocurrió. Tampoco te ocurrió a ti.

—Es cierto, no he encontrado otra como tú.

—He aprendido a apreciarte mientras estabas fuera, tu firmeza, tu amor por nosotros. Pedí el divorcio porque sentía que faltaba algo en nuestra relación. Me estaba volviendo inquieta y en aquel momento, al no comprender quién era en el fondo, temía mi naturaleza, mi pasión, así que me centré por completo en los niños y en el negocio.

Estaba tan inmersa en el negocio que perdí todo contacto con mi ser interior.

Hoy, estoy entera, completa. Soy una mujer piadosa intensamente enamorada de ti, Frank. Y repito, estoy intensamente enamorada de ti. Como hembra, soy una criatura de naturaleza sexual salvaje y animal, y estoy deseando que me conozcas así, y estoy deseando sentir tu tacto. —Ella sonrió mirándole a los ojos—. ¿Puedes atenderte de eso lo antes posible?

—Oh, Dios celestial, Isla, ¿quieres casarte conmigo? —susurró Frank mientras la besaba profundamente en la boca. Sabía que tenía un sí, pero quería que ella lo dijera—. Isla, —se separó de su cálido cuerpo y la miró a los ojos—. Siempre fuiste la elegida y nunca, jamás, te dejaré marchar. Isla, ¿quieres casarte conmigo?

—Sí, sí, sí. Gracias, amor mío, por quedarte durante diez años mostrándome lo que es un hombre de verdad. Te quiero más que nunca, y para toda la vida.

—Sencillamente me pones en marcha, es una sensación divina sólo saber que he sido tu hombre y que seguiré siendo tu hombre, mi amor. Compartamos nuestros sentimientos con el Todopoderoso y recemos por nuestro amor cogidos de la mano.

> *Acompáñame en oración*
> *y llevemos siempre este diálogo divino entre los dos.*

> *Agradeciendo todo lo transcurrido, sin cuestionar por qué sucedió*
> *Dejando la respuesta en la esperanza*
> *De poder ver un nuevo amanecer...*

> *Vivir es una experiencia Divina*
> *Y si algo se de ti, es que tu rezas, también*
> *Aceptando que la verdad que nos alienta*
> *Acoge el bien. Sin esa verdad,*
> *Ciego es quien camina las sombras*
> *de la humanidad iluminado por la razón*

Divina es la transformación que nos adapta a Tu luz
La fuerza mayor es Tu amor y la capacidad de compartirlo con los demás.
La némesis de tu fuerza es el temor
Mudo y sin aliento me sorprende,
El arco iris símbolo de tu gracia
Tu presencia eterna indicando que esta tormenta ya pasó...
Acompáñame, mi amor, acompáñame en oración,
por siempre.

Fin

Agradecimientos

Un agradecimiento especial a Henry y Selma Kinkead, Stephen y Olga Gebert, y Will Alba, por su cariño y apoyo.

Sobre la autora

Elaine Kinkead nació en Panamá, con una rica herencia cultural celta, sajona, normanda, española e indígena sudamericana de sus antepasados. Con el espíritu de una exploradora y la reflexión de un poeta, es una narradora natural tanto en inglés como en español. Bien viajada, Elaine encuentra un vínculo con todas las personas en la comunalidad de las emociones humanas. Ha vivido y trabajado en Estados Unidos, en el estado de Texas, durante los últimos treinta y siete años.

www.ingramcontent.com/pod-product-compliance
Lightning Source LLC
Chambersburg PA
CBHW071347150726
47997CB00002B/891